箏服天下

下

霜月 著

風文創 1064

目錄

第二十一章　營地遇刺

自從番茄開始掛果，陸雲箏就一直眼巴巴地盼著，好不容易等到系統說可以摘取，她卻又生生忍住了。好東西，還是想跟謝長風一起分享。

不論外界有什麼傳聞，在她看來，謝長風是在為更好的將來努力，她又有什麼理由不理解並給予支持呢？

玉竹問道：「娘娘，這個要怎麼做？也是辣的嗎？」

陸雲箏笑道：「這不是辣的，是酸酸甜甜的。」番茄真是很特別的蔬菜，因為它也像水果，可甜可鹹說的就是它了。

稍加思索了一下，在做成料理讓謝長風吃之前，陸雲箏想讓幾個人嚐嚐味道，她將第一穗上成熟的番茄給摘了下來，一共有四顆，每顆都有拳頭那麼大。

陸雲箏洗乾淨兩顆番茄，切成片狀，叫來季十五，加上四個侍女，就這麼擠在廚房裡分著吃完了。

熟悉的酸甜滋味，教陸雲箏高興得眼睛都瞇了起來，想到以後經常能吃到喜歡的番茄，她笑得更開心了。

「娘娘，這個果子也太好吃了吧！」白芷讚道。

「就是啊！」其他人跟著說道。

陸雲箏笑道：「若是有白糖，稍微醃漬一下更好吃呢！」

季十五好奇地問道：「白糖？那是何物？」

「是甜的東西，等明年種出甘蔗，就能製糖了。」陸雲箏忍不住舔了舔唇瓣。其實還有麥芽糖，可惜她不會做。

跟系統討要的結果，就是系統提前給了種植甘蔗的任務，但陸雲箏看過提示，得明年開春種植才適宜，所以只能耐心地等待了。

不能吃糖漬番茄，那就吃番茄炒蛋吧，說到番茄炒蛋，大概是陸雲箏唯一拿手的一道菜了，她決定親自來。

白芷和玉竹哪裡肯，便是她們，過去也鮮少親自下廚，哪可能讓自家主子動手？陸雲箏拗不過，只得乖乖說出步驟。

先用開水燙一燙番茄，再剝皮切成小塊；打四顆雞蛋，加一點點鹽巴和清水，充分攪拌均勻。熱鍋熱油，小火時倒入蛋液，等蛋液將凝未凝，便用筷子劃散雞蛋，盛起來備用。往鍋內加點油、添點火，倒入番茄，等炒出番茄的汁，再加入炒好的雞蛋，翻炒均勻後起鍋。

鮮紅的湯汁包裹住金黃的雞蛋，光看就食慾大開。陸雲箏只覺得口舌生津，特別想來一大碗飯，淋上一勺番茄炒蛋，那爽口又開胃的滋味，簡直讓人欲罷不能！

就在此時，謝長風來了，陸雲箏連忙吩咐道：「妳們分出一些自個兒嚐嚐。」說完便轉身去迎接謝長風了。

白芷看著自家主子歡快的背影，心又痛了。這傻乎乎的娘娘喲……

青黛和菘藍互看一眼，心想：這傻乎乎的白芷喲……不是沒人暗示過她皇上並沒有移情曹昭容，但白芷就是不明白，特別是在曹昭容「有孕」之後，白芷連陸雲箏的話都不信了。不過此事到底牽扯到主子們的大計，知道內情的青黛和菘藍並不敢多言。

至於玉竹，她似乎有顆玲瓏心，雖然有些不明所以，但她從陸雲箏和謝長風的相處看出兩人的感情毫無芥蒂，想來曹昭容懷孕一事八成有隱情。

看著滿臉笑容的陸雲箏，謝長風說道：「這麼高興？」

「等下給您嚐道新菜！」

謝長風含笑應了。「好。」

等到飯菜上桌，謝長風看著那一盤紅通通的菜，默默往後靠了靠，問道：「這是……」

陸雲箏雖然知道謝長風怕辣，但瞧他這副樣子，不由得起了逗弄的心思，她殷切地舀了一小勺到他碗裡道：「這是番茄炒蛋，可好吃了，皇上快嚐嚐。」

謝長風捏著筷子的手指緊了緊，面容沈靜如水，小心地挑起一點點番茄炒蛋，慢慢送進嘴裡，接著抬起頭，看向陸雲箏的目光中帶了無奈的笑意。

陸雲箏卻彷彿沒看懂，問道：「味道如何？」

謝長風不答，用勺子又舀了一些品嚐，說道：「的確是妳喜歡的味道。」

「皇上喜不喜歡？」

謝長風笑道：「妳喜歡的，朕自然喜歡。」

陸雲箏心裡甜滋滋的，暗道糖衣砲彈果然難以抵擋，這甜言蜜語實在太動人心啦！

不過謝長風說這話倒不是哄陸雲箏開心，他是真的挺喜歡的，甚至還學她配了小半碗飯吃起來。

吃飽喝足，陸雲箏說道：「這番茄我誰都不給，來年我要種一大片！」

「好，朕在怡心宮外為妳建個番茄園，讓妳種得開心，只是這番茄之名從何而來？」

陸雲箏整個人懶洋洋的，聽到這話，隨口道：「大家都這麼叫，我也不是很清楚，好像是因為從海外引進的，所以取了這名吧。」

「大家？」

陸雲箏暗惱自己說漏嘴，抓過謝長風的手指捏了捏，回道：「是我上輩子的事，那次落水醒來，我陸續記起了上一世的事。」

謝長風問道：「上一世可有朕在妳身邊？」

陸雲箏愣了愣，似乎沒想到謝長風會這麼問，片刻後，她笑道：「我上一世只是個普通女孩，沒機會見到您這樣身分尊貴的人。」

「那妳的身邊有誰？」

「有家人和朋友，後來跟家人一起出了事，醒來時，就已經是這一世了。」

謝長風將她抱進懷裡安慰道：「是朕不好，沒有早一世到妳身邊。」

陸雲箏原本因想起上一世的父母而有些落寞，聽到這話，頓時哭笑不得道：「您又不是神仙，哪是說早一世就能早一世的，咱們過好這輩子就夠啦！」

謝長風親了親她的鬢角，道：「京城這邊的玻璃製出來了。」

陸雲箏抬頭道：「真的嗎？這麼快？能大量生產嗎？」

「那就要看崔家想不想要銀子了。」

「嗯？」

「崔大人想要三成利，總不是白拿的，開窯生產的事都歸崔家。」

陸雲箏問：「那皇上呢？能拿幾成？」

「五成。」

見陸雲箏一臉滿意的模樣，謝長風失笑道：「朕覺得事必躬親太過辛苦，倒不如讓他們去做，既然得了朕的好處，總不至於跟朕作對。」

「對，拿人手短，只要皇上不斷交出各種好東西，大家就能一起賺錢，誰會跟銀子過不去呢？」

謝長風問道：「所以妳拿出來的這些都是妳上一世的東西？妳先前描述的夢中世外桃源，就是妳的上一世？」

陸雲箏心知這件事還沒過，想了想才說道：「是，那裡與我們這裡截然不同，但我希望，我們能讓這天下在皇上手中變得如同那裡一般和平而強大。」

謝長風心有所感，摟了摟她道：「朕定如妳所願。」

「老師，玻璃製作的事就這樣讓給崔家了？」

譚懷魯道：「崔大人有心想要，給他無妨，老夫憑白吃紅利也不錯。」

「可這分明是老師研製出來的！」

譚懷魯看了景旭然一眼道：「這是大家合作的成果，崔家那兩個小子，旁的不行，倒是鑽研這些東西的好料子，崔家有心了。」

景旭然依舊不平地說道：「可那玻璃的利潤……」

「旭然啊，你急躁了。」

這話引得景旭然一驚。

譚懷魯又道：「皇上既能拿出《製鹼法》跟《玻璃製作工藝》，將來還會交出更多東西。願者上鈎，只要你忠於皇上，將來有得是機會。」

景旭然頓時心跳加速，不敢應聲。他這老師太通透了！

「玻璃既已製成，你就在家歇歇，不必日日往宮裡跑了。」

「是，老師。」

「時辰不早了，今日就在老夫府裡歇息一晚，明日再走吧。」
景旭然垂在袖子裡的手握成拳，低聲道：「學生明日告了假，想在家多歇息一會兒，今晚就不叨擾老師了。」
譚懷魯靜靜看了他片刻，道：「也罷，去吧。」
景旭然躬身行禮道：「學生告辭。」
轉身進了府邸，譚懷魯輕輕嘆了一聲，或許他該讓族裡送幾個晚輩到身邊來了。當初憂心國事，沒能與謝長風一道去長臨觀，倒是讓崔鴻白占了先機，不過現在一切也還不晚……
「娘娘，皇后娘娘今日放了風箏。」
煜太妃正在作畫，並未應聲。
曹玥清看了煜太妃一眼，又看向前來稟報的宮女。近日秋風瑟瑟，不是個出門閒晃的好天氣，但後宮近日可謂風平浪靜，呂靜嫻許是無聊了？
良久後，煜太妃停下筆，細細端詳起自己的畫，似覺無須修改，便擱了筆。
曹玥清見狀湊過去瞧了瞧，只見煜太妃畫了一幅花鳥圖——一朵盛開的牡丹花，枝上有一隻螳螂，兩隻大鐮刀正箝著一隻黑色的小蟲；不遠處的樹上蹲著一隻小雀，振翅欲飛，角落裡則站了一個半大的小子，手裡正舉著一只網。

這寓意不言而喻，曹玥清心下一動。煜太妃這是打算收網了嗎？

「今日起，妳不必時刻跟在本宮身邊，除非妳與本宮一同用膳，否則所有能吃的都不要嚥下去。」

曹玥清沈聲應是。

「給妳的袖套時刻穿戴著。」煜太妃目光沈靜道：「記住，自現在起，不論發生任何事，不要輕易相信任何人，包括本宮。」

曹玥清斂眸道：「臣妾謹記娘娘教誨！」

待曹玥清退下後，煜太妃便走到窗邊，朝鳳儀宮的方向看了過去。

只見鳳儀宮上方飄著一只燕子風箏，似乎是因為惹了皇后不快，有位小宮女被罰要放一天一夜的風箏。

不知這只風箏，是要放給誰看的……

孔戟行事向來乾脆俐落，前往京城的路上亦是如此，一行人行進的速度很快，白日縱馬狂奔，晚上隨意尋一處合適的地方休息，眼看再過兩日就要抵京了。

「今晚在此地歇息。」孔戟勒馬道。

得了命令，將士們翻身下馬，有人結伴入林打獵，有人牽馬去吃草休息，有人則在小溪邊尋了幾處乾燥之地撿柴生火，眾人分工明確、搭配密切，顯得有條不紊。

宗鶴鳴見孔戟正往京城方向眺望，不由得問道：「將軍可想過回京之後，要如何應對？」

「我本無謀逆之心，直言便是。」

「將軍坦坦蕩蕩，旁人卻未必肯信，更何況，欲加之罪，何患無辭？將軍還是要多加防備啊。」

孔戟道：「依你之見該如何？」

宗鶴鳴道：「將軍可曾與皇上商議過？皇上十分仰仗將軍，想必不願見您出事。」

孔戟勾了勾唇角道：「你怎知不是皇上容不下我？」

宗鶴鳴微微一怔。孔戟莫非連皇上都不信了？那先前為何私下去長臨觀與皇上見面？皇上又為何要給他那麼多馬鈴薯？

「到了京城再看吧。」孔戟有些漫不經心地說道。

問不到想要的消息，宗鶴鳴裝作去幫其他人的忙，轉身走開。

大半個時辰後，打獵的將士們拎著獵物回來，營地的馬鈴薯湯剛好煮沸，他們將獵物清洗乾淨，一部分剁碎了扔進湯裡，一部分則用樹枝串好架在火上烤。

這趟出來帶的馬鈴薯不多，還都是沾了孔戟的光，孔戟素來與將士們同吃同住，煮湯時總會切幾顆馬鈴薯進去，每人都能嚐幾塊解饞。不過等到地裡的馬鈴薯收成時，他們就能分到不少了。

吃飽喝足，大夥兒圍在一起閒聊，沒多久便都有些犯睏。今晚留宿之地位處樹林，秋季天氣乾燥，地面也不潮濕，除了輪值的士兵，眾人各自在幾處火堆邊尋了合適的位置躺下。

孔戟找了棵樹爬上去，靠著粗壯的樹枝，也閉眼睡了。

今夜輪值的是宗鶴鳴和另外三名士兵，分別守在四個方位。

夜深人靜，偶爾從樹林深處傳來幾聲動物的叫號，宗鶴鳴伸了個懶腰，見火堆不如先前旺盛，便起身抱了一捆柴火，往每個火堆裡添了一些。許是柴火還不夠乾燥，添進去之後，起了一點煙霧。

加完柴火後，宗鶴鳴回到自己的位置，他靠著一棵樹，微微仰起頭，眼角餘光掃過旁邊那棵大樹上若隱若現的身影。

不知何時，響起幾道輕微的悶響，宗鶴鳴抬頭，就見另外三人不知何時倒了下去，而圍著火堆入眠的一眾將士們，似乎睡得更沈了。

宗鶴鳴再度看向那棵大樹，他摩挲著手指，內心猶疑不定，思量片刻後，身子跟著一軟，也倒下去了。

樹上的孔戟睜開眼，眼底帶了幾分惋惜。

小半個時辰後，樹林裡傳來窸窸窣窣的動靜，幾支利箭齊齊射向孔戟所在之地。只見孔戟悶哼一聲，捂著手臂從樹上掉落，幾乎在他落地的同時，一支響箭自他手上射出。

刺耳的射箭聲聽得裝睡的宗鶴鳴心頭一跳，莫名生出一股心慌。孔戟沒被迷暈！這響箭是發給誰的？距離此處最近的縣城需要一、兩個時辰的路程，誰能來救他？

孔戟射出箭之後，看著齊齊向自己揮刀而來的蒙面人，目光深沈……

陸雲箏心想，既然京城這邊的玻璃製出來了，那麼也該考慮製作窗簾的事了。她畫了幾款記憶中上輩子的世界裡較常使用的窗簾款式，卻突然想到目前這裡的布藝還不夠發達。

【宿主已接取種植棉花任務，收成後將生成織布任務。】

又有新任務了啊？陸雲箏心想，雖然不得閒，不過有個聰明、自動且貼心的系統也挺省事的。

那窗簾還要設計嗎？當然要！等到有新布再裝上便是了，用得起玻璃的人家可不缺這點銀子！

「崔大人前幾日差人往我府裡送了一小塊通透的小玩意兒，說是玻璃，可以安在窗戶上，若是想要，去崔氏商鋪預定即可。」

陸雲箏有些驚訝，這崔鴻白這麼會做買賣嗎？直接上門送樣本？「那姊姊想要嗎？」

謝敏道：「是有點興趣，若是窗戶能裝玻璃，屋子裡想必亮堂許多。」

「何止如此，若是下雨或下雪，不必出門也能瞧得清楚。」

「但旁人也容易瞧進屋裡。」

陸雲箏笑咪咪地說道：「這就是我今日請姊姊來的目的。」說罷，她拿出先前畫好的各種窗簾樣式，向長公主細細解釋起來。

謝敏看完，用意味深長的眼神盯著陸雲箏道：「老實說，這玻璃是不是也是妳弄出來的？用那個純鹼製成的？」

「具體怎麼製成的我不清楚，但確實要用到鹼。」陸雲箏笑道：「是皇上同幾位大人研製出來的，我只會搗鼓些小玩意兒罷了。」

謝敏嘆了一聲道：「玻璃的價格我差人去問過了，當真是一寸玻璃一寸金，崔大人可真會做買賣。」

陸雲箏已經從謝長風那裡聽說過價格，這會兒仍是忍不住讚嘆道：「崔大人不愧是能執掌戶部多年的人啊。」

謝敏說道：「玻璃都這麼貴了，我的窗簾沒道理賣得太便宜對吧，否則哪裡配得上那玻璃窗戶？」

陸雲箏失笑道：「姊姊說得對。」

「對了，那個辣椒還有沒有？」

陸雲箏沒想到長公主對辣椒這麼念念不忘，回道：「昨日正好結了一些果子，稍後給姊姊帶點回去吃吧。」

「罷了罷了，讓白芷給我炒一盤便夠，左右妳這邊的量不多，等明年多種些，我再來跟妳討要。」

陸雲箏笑著應了。「崔大人先前討了一株過去，想必來年就夠姊姊吃個痛快了。」

「當真？戶部能人多，崔大人若是上了心，那可是天大的好事！」

「崔大人也嗜辣呢，據說他先前想摘幾根回去，戶部的大人們都不許他動手，說只有一株，果實都得留著當種子，來年好多種些。」

謝敏掩嘴輕笑道：「還有這般趣事呀，那我倒是有口福。」

陸雲箏也笑道：「我不太愛辣，姊姊若是想吃，只管來拿便是。」

第二十二章　事跡敗露

兩人正說笑間，外頭似乎有人求見，片刻後，青黛快步走進來，輕聲道：「娘娘，孔將軍出事了，皇上剛剛得了消息，正巧太妃娘娘在旁邊聽到，暈了過去，皇上請娘娘去照看太妃娘娘。」

陸雲箏表情一變，正要說話，卻聽耳旁「砰」的一聲脆響，她側過頭，就見長公主臉色發白。

謝敏站起身，聲音略微顫抖地問道：「孔戟他怎麼了？」

還不等陸雲箏回話，謝敏立刻接著說道：「妹妹，我先走了。」言罷便快步離開房間。

陸雲箏問道：「皇上還說什麼了？」

青黛道：「只說讓您快去看看太妃娘娘。」

「好。」

一路上，陸雲箏有些惴惴不安。在夢裡，孔戟應該是年後離京時才出事的，怎的如今提前了呢？他到底有沒有防備？宗鶴鳴當時可是廢了孔戟的雙腿，讓他再也不能回到軍中了。

煜太妃宮中，呂靜嫻靜靜站在床前，看著昏迷不醒的煜太妃，面色淡然。在她身後，是屈膝行禮的曹玥清。

呂靜嫻彷彿不知有此人存在，直到曹玥清腿腳發軟、身軀微晃，眼看就要站不住了，她才冷冷道：「起來吧。」

曹玥清暗暗咬了咬唇道：「謝娘娘。」

陸雲箏趕到的時候，瞧見曹玥清正在暗自垂淚，連一點聲都不敢出，距離上次相見，她倒是豐腴了不少，腰腹部也微微隆起。

見到陸雲箏來了，曹玥清連忙轉過身行禮。

「不必多禮，母妃如何了？太醫可來過？」陸雲箏示意讓曹玥清起身。

曹玥清回道：「陸大人剛剛來請過脈，這會兒正在開方子煎藥，說太妃娘娘這是急火攻心，得仔細養著。」

陸雲箏頷首，正要走到床邊，這才瞧見那裡已經站了個人。「見過皇后娘娘。」

呂靜嫻原本不想輕易放過她，奈何陸雲箏壓根兒就沒等她免禮，自顧自地站了起來，還湊到床邊去握煜太妃的手。

對於煜太妃，呂靜嫻已經沒了指望，甚至還希望她就此一病不起，此刻也懶得繼續裝出賢淑孝順的模樣，當即後退幾步，將位置讓給陸雲箏。

陸雲箏心裡這會兒也沒底，煜太妃中的毒還未徹底根治，這會兒又急火攻心暈倒，說不傷身是不可能的，也不知陸北玄能不能治好。

正憂心著，煜太妃便幽幽轉醒，陸雲箏忙彎下腰輕聲道：「母妃，您醒了，可有哪裡不舒服？」

煜太妃搖搖頭，捏了捏陸雲箏的手，薄唇微微張開，無聲道：「沒事，不必擔憂。」

深吸了幾口氣，煜太妃才虛弱地出聲道：「本宮沒事，皇上呢？孔戟他怎麼樣了？」

見到煜太妃能說話，陸雲箏心下大定，但依舊小心翼翼地說道：「皇上去了議政殿，交代讓您好好養著身子，等他得了消息，立刻就會來告訴您。」

曹玥清站在一旁，想要上前關切卻又不敢，她的身子像是有些難受，幾次偷偷撫摸腹部。

呂靜嫻不經意間看到她的舉動之後，目光倏地變冷。

察覺到有人在看自己，曹玥清下意識抬頭，卻撞進了呂靜嫻那雙冰冷的眼，頓時嚇得一顫，忙垂下頭，雙手自動護住了腹部。

這個反應惹得呂靜嫻越發惱怒，區區一個庶女，竟也敢懷上謝長風的子嗣，該死！

陸雲箏不知身後兩人的情況可說是一觸即發，她正同煜太妃說話。

煜太妃這一病，竟是臥床不起，她早些年本就傷了根本，前陣子又被太后暗害，身子虧得厲害。

陸雲箏一連數日都守在煜太妃跟前，曹玥清也日日待在煜太妃房中，即便每日只能同煜太妃說上隻言片語，也不曾離開半步，不過她卻日漸消瘦，顯得肚子越發明顯了。

「也不知這是做給誰看的！」鳳儀宮有宮女不屑地說道。

呂靜嫻道：「當然是做給皇上看的，她想要保住肚子裡的孩子，畢竟煜太妃一倒，便沒人那麼護著她了。」

「可她也不想想，就這麼日日杵在貴妃娘娘眼前，貴妃娘娘能容下她？」

「是啊，便是原本不打算理會她，這會兒怕是也要被激得忍不住了吧。」呂靜嫻輕輕笑道：「是時候了，動手吧。」

「是。」

「副將，人都拿下了。」

此刻的邊關，鄭衍忠兩眼圓睜，染血的臉龐顯得猙獰，身上的盔甲也被鮮血染紅了半邊，他的手臂被砍傷了，軍醫正在替他包紮，聽到下屬來報，怒道：「老子要去問問那幫龜孫子，好好的日子不過，跟兄弟動刀是什麼意思?!」

「要按軍法處置嗎？」

鄭衍忠頓了頓，冷哼一聲道：「直接宰了倒是便宜他們了，都拉去給老子挖礦！」

軍醫拍了他的肩膀一掌，怒道：「別動！傷口要崩開了！」

鄭衍忠齜了下牙道：「老子虧大了！」

糧草官莫啟恩在一旁冷眼道：「將軍臨走時都叮囑過你了，你還著了道，能怪誰？」

「老子是沒想到！」

「沒想到什麼？沒想到多年來一同出生入死的兄弟會對你動刀？」莫啟恩語氣嘲

諷。「就你這個樣子，居然沒死在戰場上，可真是好命。」

這話讓鄭衍忠氣得臉紅脖子粗。

軍醫瞪了莫啟恩一眼道：「少說兩句，要是氣倒了他，爛攤子可就都歸你了。」

莫啟恩聳了聳肩，兩手一攤道：「我只是個糧草官罷了，軍中要事哪裡輪得到我操心？」

鄭衍忠怒道：「狗屁！你就是懶，也就將軍忍得了你！」

莫啟恩輕笑道：「要不是我，你今晚可就不只手臂被砍一刀了，這就是你對待救命恩人的態度？」

鄭衍忠喘了幾口氣後道：「我不管，你把那些人都帶去挖礦，將軍臨走時吩咐了，要我遇事不決就找你商量。」

莫啟恩嘆道：「人我先帶走了，今晚的事先瞞下來，等將軍回來再說。」

「也不知道將軍怎麼樣了，宗鶴鳴那小子陰著呢！」

「你當將軍是你？」許是看鄭衍忠模樣著實淒慘，莫啟恩的語氣稍微緩了緩。「更何況，還有薛明成在後頭跟著，不會有事的。」

「娘娘，曹昭容消瘦得厲害，再這樣下去，恐會傷了胎氣啊。」

太后面色不悅道：「都到了這個時候，竟還指望那個女人庇護她，我管她做什麼?!」

辛嬤嬤輕聲道：「曹昭容原本也想親近您，只是曹昭儀她……曹昭容許是被嚇著了。」

太后心想，上次的事確實是她疏忽了，她沒想到曹琬心這麼蠢，但到底是她疼了多年的丫頭，反正曹玥清也沒事，何必鬧大？

「貴妃還是日日杵在那個女人跟前？」

「是，貴妃娘娘這些日子也一直沒離過太妃娘娘床前，您說她會不會……」

太后擺了擺手道：「雲箏那孩子就是傻，就算心裡不高興，也不至於對曹昭容做什麼。皇后呢？」

「皇后娘娘每日早晚都會去一趟，只是待的時間不長。」

太后蹙起眉心道：「妳親自去把曹昭容帶過來。」

辛嬤嬤領命。「是。」

另一邊，陸雲箏看煜太妃咳得越來越厲害，不由得憂心忡忡道：「怎的這藥喝了不見好，還更嚴重了呢？」

煜太妃抿了口溫水，輕輕拍了拍陸雲箏的手，安撫道：「不礙事，雖說咳得厲害了些，但我身子骨兒卻舒坦多了，想來是這藥在起效。」

陸雲箏忍不住抱怨道：「您就不該冒險！」

為了布下這個局，煜太妃竟然一直壓著體內的毒不肯吃藥，非要拖到現在，不然何至於如此？

煜太妃輕輕笑了。面前這個受萬千寵愛長大的丫頭，哪裡經歷過世間險惡，哪裡看過人心陰暗？有時候為了活下去，莫說是不會死人的毒藥，便是自己的孩子與身子，也能親手毀去！

「她有動靜了嗎？」

煜太妃這話問得沒頭沒尾，陸雲箏沒應，就見一直未出聲的曹玥清上前幾步回道：「陸大人開了安胎藥給臣妾，但煎藥的人今日換了。」

點點頭，煜太妃道：「太后這兩日也該來接妳過去了。」

曹玥清沈聲道：「臣妾都準備好了。」

陸雲箏不知道她們的具體計劃，但也能猜個八九不離十，自然明白曹玥清此次情況凶險，何況夢中她就是死在仁壽宮的。

雖然劇情已經改變了，但陸雲箏還是握住曹玥清的手道：「本宮會讓皇上抽空去趟仁壽宮，妳記著，保住性命才是最重要的，妳娘想必也不願見妳為了復仇把命都搭上，而且妳也要親眼確認仇人都得到報應了不是？萬一漏了那麼一、兩個，妳得活著才能補刀！」

聽到最後，煜太妃都不禁笑了兩聲，也跟著叮囑了一句。「記住貴妃娘娘的話。」

曹玥清福了福身，語氣鄭重地應了。

此時青黛的聲音在門外響起。「娘娘，辛嬤嬤求見。」

辛嬤嬤一進暖閣，鼻尖就充斥著一股湯藥的苦香味，她走到床邊，低眉屈膝道：「太后娘娘掛念太妃娘娘的身子，憂心曹昭容身子重，惹太妃娘娘掛心，特命老奴領曹昭容去仁壽宮。」

煜太妃看向曹玥清，問道：「妳可願去？」

「臣妾願意。」

「去吧。」

言罷，煜太妃閉上眼，不再理會她。

曹玥清咬了咬唇，似是有些難過，但她看了看陸雲箏，終究還是跟著辛嬤嬤走了。

辛嬤嬤將一切看在眼裡，回到仁壽宮後一一報給太后知曉。

太后面色和藹道：「妳這孩子，受了委屈怎的也不來尋哀家？」

曹玥清輕聲道：「怕給您添麻煩，讓您為難。」

太后臉上的笑容頓了頓，又道：「妳那姊姊也是一時糊塗，哀家已將她禁足，妳只管在這裡安心養胎，不會再有人能傷害妳。」

曹玥清面露感激，忙行禮謝恩，只是垂首時，眼底閃過一絲嘲諷和恨意。這一幕跟上一世何等相似，「只管安心養胎」、「誰都不能傷害她」，可只要等到孩子落地，她的死期就到了。

孔戟渾身是血，長劍撐在地上，支撐著他搖搖欲墜的身子。

站在他對面的是不再裝睡的宗鶴鳴，而他身後的蒙面人，皆舉刀指向昏睡中的將士們。

宗鶴鳴原不想就這麼暴露自己的身分，奈何孔戟的武藝太高，他下的蒙汗藥也沒起什麼效果，為了避免夜長夢多，他只能親自出馬。

只見宗鶴鳴的眼底閃過一絲瘋狂，道：「我也不想走到這一步，但只要有你在，我想要的就永遠得不到！」

孔戟平靜道：「你所圖為何？」

宗鶴鳴道：「我要執掌孔家軍！」

孔戟勾了勾唇角，俊美的容顏因沾了鮮血顯得有幾分妖豔。「就憑你背叛兄弟？」

「你當我願意？都是你逼我的！」

「逼你當呂家的走狗？逼你心悅皇后？還是逼你謀逆？」

這話讓宗鶴鳴心頭大震，他萬萬沒想到自己的底牌已被對方拿捏得死死的，內心深處瞬間泛起絲絲涼意。

孔戟早就知道了？那他今夜又怎會中招？

宗鶴鳴下意識地揮刀而上，想趁孔戟重傷之際斬殺他，可一支箭破空而至，饒是宗鶴鳴有所察覺，卻仍舊被劃傷，而原本昏睡不醒的將士們突然翻身而起，同時樹林裡也奔出無數身影，眨眼間就拿下了那些蒙面人，宗鶴鳴也被人用劍抵住咽喉。

此時孔戟慢慢站直了身子，不緊不慢地脫下衣裳，露出完好無缺的肌膚。

宗鶴鳴猛地瞪圓了眼，孔戟沒受傷？「你竟然騙我！」

孔戟掃了他一眼，淡淡道：「若非如此，怎能逼你現形？」

薛明成將長劍靠往宗鶴鳴的脖子，眼底滿是不屑地說：「你還有臉說將軍卑鄙？你個小人！」

「卑鄙無恥！」

宗鶴鳴不顧脖子上的鮮血，啞著嗓子道：「成王敗寇，今日是我輸了，但你們也不會有好下場！私下屯田是要誅九族的謀逆大罪，京城早已布下天羅地網，你以為你們逃得過?!」

將手中帶血的衣物扔到一邊，孔戟冷冷道：「呂家果然起了反心。」

孔戟出事的消息在朝廷引起軒然大波，才剛有人上奏說孔戟私下屯田，逼皇上下旨將人召回京，結果他卻在半路遭到暗算，說是巧合也不會有人信。

謝長風面沈如水，端坐在朝堂上一言不發，讓人覺得氣氛有些壓抑，眾大臣你一言、我一語，卻沒人敢提到點子上去。

「皇上，臣以為當派人前去接應。」

「你怎知是去接應還是去暗殺？」

「伊大人此話是何意？」

「除了在場之人，誰知道孔將軍已秘密回京？又是誰有這個本事埋伏他？」伊正賢字字鏗鏘。

有大臣不服氣地說：「敵國恨他入骨，怎就不會暗殺他？」

「若非孔將軍傷了他們主帥，你當他們新皇能如此輕鬆上位？」伊正賢冷笑道：「自顧且不暇，哪有那個能耐深入我朝腹地埋伏孔將軍？更何況，為何敵國會知道孔將軍的行蹤？」

被這麼一反問，大臣們紛紛住了嘴，再論下去，通敵叛國大罪恐怕就要落到自己頭上了，伊正賢那鐵齒銅牙，可沒幾個人能說得過！

一時之間，大殿內安靜下來，大臣們忍不住瞄起那幾個位高權重的。

曹國公正感到一陣煩躁，不知到底是誰如此迫不及待對孔戟下手。明明已經有了孔戟私下屯田的證據，只要等人回來，多得是法子讓他留在京城，只要扣住他，還怕不能拿下孔家軍？

如今孔戟尚未進京就對他暗下殺手，若是孔戟乘機發難，帶兵入京，誰人能擋？就憑那些京城守備軍？孔家軍可都是在戰場上廝殺多年的精兵強將，真打過來，禁衛軍能以十敵一就算不錯了！

別提禁衛軍這些年吃空餉的不知凡幾，說是有數十萬精兵，真正能調動多少還是未知之數，在場的哪個不清楚？

饒是心狠如曹國公，也從未想過要孔戟的命。孔家軍是群瘋子，若孔戟有個三長兩短，他們不知會惹出多少禍來。

謝長風依舊不言不語，半晌後，譚懷魯出列，不疾不徐道——

「如今只是根據孔將軍的響箭、現場屍體以及孔將軍衣衫上的血跡判斷他遇襲，無法得知確切情形與孔將軍的傷情，但可斷定孔將軍應當還活著。

「臣以為當派人去接應，目前不知偷襲者為誰，又有多少人馬，萬一孔將軍應對不了，豈不成了大禍？再者，若是我們無動於衷，豈不顯得心虛？」

「派誰去？」曹國公道：「孔將軍遇襲後，並未去附近城鎮接受醫治，想來也是對我們起了防備之心，便是派了人去，又如何能找到他們？」

呂盛安出列道：「臣願親自領兵前往！」

曹國公涼涼地應道：「侯爺這是要去救人，還是要去補刀？」

呂盛安的臉色瞬間變了。「國公慎言！」

曹國公冷眼看著他，可呂盛安絲毫沒有退讓的意思。如今御林軍握在兩家手裡，得他們都同意了才能派兵。

「臣與孔將軍尚有幾分情誼，不如由臣跑這一趟吧。」譚懷魯忽然說道。

第二十三章　昭然若揭

譚懷魯的提議出乎眾人意料，這位宰相素來只管民生之事，不料此番竟主動參與這等爭鬥。

德親王隨即出列道：「臣願與譚大人一同前往。」

曹國公躬身附議。他只想削減孔戟的實力，從未想過公然與孔家軍作對，此等大將之才可遇不可求，萬一邊關起了戰亂，還需要他上場。

這大概就是曹國公和呂盛安的區別，曹國公只貪戀權勢，並無謀反之心，他還是希望國泰民安，如此一來曹家才能長盛不衰。

比起世襲罔替的曹家，呂家不過是靠著從龍之功竄起的新貴，從呂盛安的行事作風就能看出一二。

眼見附議的人越來越多，呂盛安心知此事已成定局，只得心不甘、情不願地附議。

一直沈默的謝長風終於出了聲。「可。」

下朝後，謝長風去探望煜太妃，簡單提了幾句朝中之事。「有譚大人和德親王一同前往，舅舅能省不少事。」

陸雲箏訝異道：「譚大人竟願意主動跑這一趟？」

煜太妃靠坐在床頭道：「他是隻老狐狸，這些年不過是倚老賣老裝糊塗，眼下是看出皇上今非昔比，所以願意出手了。」

「崔家願意接下製作玻璃的要務，對他亦是一種刺激，聽聞他派人去了譚氏家族，想來不久後，研究院又有能人進駐了。」

這才是真正的好消息，崔氏和譚氏都是歷經數朝的名門望族，可這些年一直都不出仕，若能得到他們的支持，朝中的局勢很快就會發生變化，謝長風的皇位只會越來越穩固。

陸雲箏點點頭，又道：「對了，皇上，曹昭容被太后接走了，您若得了空，就去一趟仁壽宮吧。」

此話一出，謝長風不禁看向陸雲箏。

陸雲箏睜圓了眼道：「看我做什麼？雖說她的目的是為了報仇，但到底是在幫我們，總要儘量顧著她不是？」

謝長風只得應道：「好。」

陸雲箏這才滿意了，謝長風和煜太妃對視一眼，均從對方眸中看出一絲無奈的笑意。

謝長風沒有在煜太妃這裡久留，離開之後便逕自去了太后的仁壽宮。

聽聞皇上駕到，太后有些意外，似乎沒料到曹玥清竟已如此得聖眷。

似是覺得自己此刻還顧著兒女情長不太妥當，謝長風面色微赧道：「朕成婚多年，只有這一個子嗣……」

太后笑道：「初為人父，自是上心的。」何況曹玥清還生得如此貌美。

言罷，太后派人去請曹玥清過來，然而人還未出殿門，就有宮女急匆匆進來回報。

「啟稟太后娘娘，曹昭容她……她見紅了！」

得到這個消息，太后和謝長風的臉色都變了。

一個時辰後，太醫們跪在兩人面前，戰戰兢兢地回稟壞消息，而暖閣裡，曹玥清那哀切壓抑的哭聲，饒是再鐵石心腸的人，聽了也不免心下惻然。

謝長風站起身道：「母后，兒臣先去看看她。」

太后頷首，難掩滿面怒容。她沒想到才剛把人接過來一宿，孩子就沒了，到底是誰如此膽大包天，不僅謀害皇嗣，還企圖嫁禍到她頭上！

謝長風一進暖閣就揮了揮手，辛嬤嬤會過意，招呼眾人退下，還體貼地關上了門。等人都離開了，謝長風就走到床邊，遞去一個小錦囊，低聲道：「每日早晚各一粒。」

此刻曹玥清神色平靜，哪裡看得出半分淒慘？她小心地避開謝長風的手指接過錦囊，輕聲道：「謝皇上。」

「保重好身子，妳如今是朕的新寵，有任性的資格。」

「是。」

說完，謝長風便靜坐在她床前，不再多言。

一片靜默中，曹玥清緊緊攢著錦囊，眼底起了盈盈淚光。雖然落胎是假，但痛楚卻是真，好似真有什麼從體內流出去了似的。

煜太妃曾說過，此藥極為傷身，有可能毀了她的餘生。當初服藥時她無懼無悔，可今日孤零零躺在這裡，上輩子臨死前的情景不自覺浮現在腦海裡，令她莫名感到害怕。

不過，曹玥清清楚地知道自己這次不會死，因為那個善良的人想保護她，她不再是孤單一人，甚至覺得自己還能做得更多，好回報那個人的恩情！

察覺門外有腳步聲，謝長風刻意伸出手，於門被推開之際再收回。

太后裝作沒看到謝長風的動作，走到床邊溫聲問道：「現下覺得如何？」

只見曹玥清抬起頭，眼圈發紅，眼眶盈滿淚，欲墜不墜，怎一個嬌媚了得。她咬著略微發白的唇，好似竭力忍耐，卻未能如願，開口就帶著哭聲。「臣妾沒事，都是臣妾不好，沒能保住孩子，還要煩勞太后娘娘和皇上費心。」

妳看起來可不是沒事的樣子！太后心想，曹玥清不愧是能從陸雲箏身邊勾走皇帝的人，別說這副模樣，光是這手段也能將陸雲箏比到天邊去。

太后邊這麼想，邊勸道：「莫要傷心了，此事與妳無關，是有人刻意算計。」

曹玥清微微一愣道：「是誰？誰要害我的孩兒？」

謝長風輕輕拍了拍曹玥清的手背道：「養好身子要緊，孩子總還會有的。」

太后心中悄然一嘆。剛才還說是惦記著孩子才急匆匆趕來的，如今露了心思吧？真是自古帝王多薄情啊，此刻的皇帝可還記得怡心宮裡那位？

兩人安慰了曹玥清幾句就起身離開，出了暖閣，謝長風便沈下臉道：「母后，曹昭容這是遭了謀害？」

太后道：「幾位太醫都是這般推測的，如今只能等曹昭容情緒穩定些，再仔細問問她這幾日入口或是用過的東西，好一一排查。至於煜太妃那邊……」

「謀害皇嗣是大罪，此事朕要徹查到底，母妃那邊朕親自過去！」

太后滿意地頷首道：「好。」

聽聞曹玥清流產時，謝長風人正在太后宮中，呂靜嫻終是忍不住摔了手裡的茶盞。

「他就這麼迫不及待去了太后那邊？陸雲箏可還守在煜太妃病榻前啊！」

跪在下面的宮女瑟瑟發抖道：「回娘娘的話，皇上一從太妃娘娘宮中出來，便去了仁壽宮。」

呂靜嫻怒道：「陸雲箏那個沒用的東西，只敢在本宮面前耍威風，當初竟讓那個女人活著走出了怡心宮！」

一旁的呂盛安瞧寶貝女兒發火，趕緊轉移話題道：「沒想到譚懷魯居然會橫插一腳。」

呂靜嫻嗤道：「許是看到皇上將製作玻璃一事交給崔家，眼熱了吧！自古財帛動人心，哪怕是世家望族也不例外。」

玻璃確實是好東西，呂盛安自己都想要得緊，奈何謝長風太會算計，早早拉上了崔鴻白和譚懷魯，更別提還有個德親王，連曹國公都沒辦法虎口奪食，他也只能認了。

不過這會兒倒不是想玻璃的時候，呂盛安拉回思緒道：「也不知孔戟那邊怎樣了，萬一宗鶴鳴失手，可如何是好？」

「不會的，宗鶴鳴心思縝密，蟄伏多年，只為這一擊，若是失手，如何對得起他自己？」

「不怕一萬，就怕萬一，妳好好想一想，可有什麼把柄在他手裡？」呂盛安苦口婆心地勸道：「孔戟那個殺神，若不能一擊中的，就只能避著。」

呂靜嫻垂下眼眸，心想孔戟如今自身難保，還動得了誰？「爹爹不必憂心，孔戟再無翻身可能。」

這次為了配合宗鶴鳴的行動，呂盛安將族裡的死士全交由呂靜嫻安排，如今聽到她這話，想必是得到了確切的回覆，不禁鬆了口氣。

「那就好，只要孔戟折了，孔家軍必然會亂，若能乘機將宗鶴鳴推上去，咱們的大業就有望了。」

呂靜嫻應了一聲，臉上並無喜色。

根據她這邊得到的訊息，配合宗鶴鳴埋伏孔戟的死士基本全滅，宗鶴鳴也受了傷，她不明白他為什麼不幹脆要了孔戟的性命，堂堂男子漢如此婦人之仁，如何能成大事？算算日子，她送出去的命令應當也到了，孔戟這樣的人，必須要斬草除根才教人安心，希望宗鶴鳴這次能做得乾淨俐落！

呂靜嫻不知道自己得到的是假消息，此時宗鶴鳴早已被收押，等候訊問了。

煜太妃宮中，陸雲箏擔心地問道：「曹昭容怎麼樣了？」

「據說身子有些弱，太后召了太醫要為她細細調理。」在陸雲箏的夢裡，曹玥清順利產下皇嗣，而後便香消玉殞。現在她孩子沒了，反倒被太后如此看重，也是諷刺得很。

煜太妃見陸雲箏不語，便道：「妳不必擔心她，她自幼便在吃人的後宅裡長大，心機跟手段本就不差，如今太后以為皇上看重她，更加不會動她，畢竟太后還指望她為曹家再添一個皇嗣當作籌碼。」

陸雲箏搖搖頭道：「兒臣在想太后會如何調查皇嗣被謀害一事，這都過去兩日了，還沒什麼動靜，是不是證據不足？皇后似乎把自己摘得挺乾淨的。」

「時候未到，太后自然不會發難。」煜太妃捏了捏她的臉，笑道：「放心，便是沒做過的事，太后都有得是法子栽到她身上，更別說她做過的事了，何況還有母妃在呢，妳啊，去研究那些稀奇古怪的新玩意兒就好，這等算計人心的事就別去想了。」

陸雲箏嘆了一聲。自己確實不是宮鬥的料，她甚至不曉得煜太妃和曹玥清到底是怎麼盤算的。

罷了，既然煜太妃胸有成竹，她就不費這個腦子了，如果這次真能扳倒呂家，那麼來年開春，她或許就能拿到那本《海鹽精製法》了。

看樣子，還是得多琢磨些任務，多賺點積分才行啊！

宗鶴鳴被關了幾日，脖子上的傷口已經癒合，但血跡卻未洗去，再加上披頭散髮、衣衫不整，看來形同惡鬼。「要殺要剮悉聽尊便，若想用我對付別人的話，還是趁早死心吧！」

孔戟的手指夾著細長的薄字條，輕輕道：「只要你活著，你背後之人自然會露出馬腳。」

看到那熟悉的字條，宗鶴鳴目眥盡裂道：「你卑鄙！」

薛明成眉頭一挑，抬腳就要朝他踹過去，卻被孔戟攔住了。

「你今日才知我手段？」

冷淡到極致的語調教宗鶴鳴的後背起了一陣寒意。是啊，他怎麼忘了，面前這人看起來有多光風霽月，骨子裡就有多不擇手段！

「我原本打算私下入京，找出你和呂家勾結謀逆的罪證，但我現在改變主意了。」

聽到孔戟說的話，宗鶴鳴目光警戒地瞪著他。

孔戟不緊不慢地說道：「你說，我若書信一封回去，說孔戟已重傷殘疾，你想要留他一命，呂靜嫻會不會再來一道催命符？」

「這一切都是我自己的主意，與她無關，她是無辜的！」

孔戟道：「那是誰指使你對我下手？」

宗鶴鳴咬牙切齒道：「無人指使，是我不甘心屈居你之下，想要趁你回京時討你性命，好栽贓到朝廷頭上。等我回到邊關，孔家軍遲早會被納入我麾下！」

「放屁！」薛明成罵道：「憑你也配？」

孔戟站起身，淡淡道：「我能升到將軍之位，煜太妃功不可沒，你也是平民出身，能爬到副將這個位置，靠的是什麼，你心知肚明。譚大人他們再一日就要到了，你還有時間考慮。」

走到門邊時，孔戟突然回頭道：「別想著一死了之，你死了，有些人就再也洗不清了。」

離開房間走遠之後，薛明成恨恨道：「這等背信忘義之輩，將軍何必留他？咱們手裡的證據夠讓呂家抄家滅族了，若是誰不服，咱們直接殺進皇城！」

孔戟看了他一眼道：「你也是世家出身的，怎就一身匪氣？」

薛明成果斷甩鍋。「都是跟衍忠學的！」

孔戟咳了兩聲，道：「譚大人和德親王就快到了，你去接應一下。」

「照我說，不必理他們。他們帶來的都是御林軍吧？裡頭指不定有包藏禍心的人，雖說將軍手臂的傷勢無礙，但還是謹慎些較好。」

孔戟道：「不必，宗鶴鳴只有交到譚大人手裡，才最是穩妥。」

「那我讓將士們都回來守著，以防萬一。」

孔戟不說話了，轉頭靜靜看著薛明成，薛明成也意識到自己這次膽子有點肥了，只得摸摸後腦勺，嘿嘿傻笑。

第二日下午，薛明成在譚懷魯和德親王前行的路上守候，將他們一行人帶到孔戟所在之處。

薛明成解釋道：「將軍受了重傷，我們就近尋了一處山谷供他養傷。」

這就說明了他們為何沒去附近的縣城讓孔戟接受治療，倒不是懷疑朝廷，而是迫於無奈。

譚懷魯自然不會多說什麼，只關切道：「孔將軍現下如何？」

薛明成嘆道：「性命是保住了，但傷勢頗重。」

一時之間，氣氛有些凝重，譚懷魯和德親王縱有諸多疑問，也都按下不提，一行人靜靜地趕路。

到了山谷外，天已經快黑了，薛明成逕自往裡走，譚懷魯和德親王也驅馬跟上，兩人身後的御林軍們不禁覺得脖子有些發涼。

往裡走了小半個時辰，瞧見一處開闊之地，那裡有兩間茅草屋，四周搭了幾個簡單的帳篷。

薛明成指著茅草屋道：「將軍就在裡面。」

譚懷魯吩咐道：「你們在帳篷外圍休整，莫要驚擾了孔將軍。」

「是！」

譚懷魯和德親王下了馬，跟著薛明成走近茅草屋。薛明成先進去通報了一聲，這才請兩人進屋。

譚懷魯快步走進去，只覺一股血腥味和濃郁的藥味撲鼻而來，他心頭一沈：孔戟的傷勢竟如此之重？

德親王則直接得多，他三步併作兩步趕到床邊，語氣滿是心疼。「怎麼傷得這麼重？」

當年煜太妃帶著年幼的胞弟跟著先皇入京，彼時孔戟還瘦瘦小小的，卻格外懂事，由於後宮有不能讓外男入住的規矩，孔戟曾在德親王府中待過好一陣子，後來是太后鬆口，讓他以太子侍從的身分入了宮。

德親王自己的兒子是個不成器的二世祖，是以格外疼愛聰明乖巧的孔戟，孔戟的第一位老師還是德親王為他請來的，若非膝下沒有適齡的閨女，怕是恨不得要招來當女婿了。

孔戟面色蒼白道：「是我不好，勞大家親自跑一趟。」

德親王又問：「感覺如何？傷著哪裡了？」

「都是些皮外傷，看著凶險，其實不礙事的。」

德親王虎著臉說：「還想騙我，若只是皮外傷，你會躺著下不了床？是不是還受了內傷？」

孔戟露出一個「瞞不過您」的表情道：「內傷也不重，真的，不信您問大夫。」

薛明成何時見過這麼會演戲的孔戟？頓時驚得下巴都要掉了。

德親王自是不信孔戟說的話，轉身就將陸北玄招進來道：「你給他瞧瞧！」

陸北玄走到床前，同孔戟對視了兩眼，這才開始請脈。

等到折騰完，天早就黑透了，孔戟原本強撐著不肯睡，被陸北玄一碗藥灌下去，不多時便沈沈睡去。

德親王一把抓住想溜走的薛明成問道：「偷襲將軍的人抓住了沒？在哪裡？」

薛明成老老實實指著隔壁說：「就在旁邊。」

德親王看向譚懷魯道：「譚大人？」

譚懷魯道：「你我一道去看看？」

德親王等的就是這句話，當即大步走到隔壁，毫不猶豫地推開門，跟隨其後的譚懷魯在看清裡面的人之後，心下了然。

早在離京之前，譚懷魯就知道此事無法善了，如今見到宗鶴鳴，他心道，這怕是要讓整個京城都血流成河啊！

等到連夜審完宗鶴鳴，譚懷魯只覺得自己出了一身冷汗。他萬萬沒有想到，京城裡跟宗鶴鳴聯繫的不是旁人，而是他最得意的門生景旭然！

第二十四章 逞己私慾

沈穩了大半輩子、泰山崩於前都能面不改色的譚懷魯，此刻只覺得眼前發黑，差點站不穩。

德親王伸手扶了他一把。「譚大人，沒事吧？這只是宗鶴鳴的一面之詞，未必屬實，他知道自己難逃一死，大有可能胡亂攀咬。」

譚懷魯苦笑一聲道：「王爺不必勸老夫，學生的字，老夫還是認得的，哪怕他用的是左手。」

孔戟手裡那張字條上的字，他看了那麼多年，如何會錯？以前他只當景旭然是興趣使然才用左手練字，如今才明白其中緣由。

德親王也沒想到景旭然竟私下跟宗鶴鳴有聯繫。他堂堂一個翰林學士，又是譚懷魯的得意門生，傳聞譚懷魯還打算自己致仕之後舉薦他接任。有如此大好前程，跟孔戟身邊的副將暗中來往個什麼勁？

況且那字條上的內容就算再隱晦，也是在勸宗鶴鳴斬草除根吧？要斬的是誰，那還用說嗎？

德親王本想再說兩句，但瞥見譚懷魯的神色，到底把話嚥了回去。

宗鶴鳴承認與景旭然是偶然相識，這些年斷斷續續有聯絡。景旭然認為孔戟本該護國，卻插手奪嫡之爭，擁護一個庸君當皇帝，陷百姓於水深火熱之中；宗鶴鳴則是一直對孔戟心存不服，自認不比他差，想要取而代之。

得知朝廷對孔戟私下屯田多有不滿，兩人商量過後，想趁此機會打擊孔戟，讓他落下殘疾，再也無法帶領孔家軍。

表面上看來這番供詞合情合理，可實際上仍有漏洞。孔戟不是旁人，孔家軍更不可能輕易就被下藥，傷了孔戟的那些死士是哪裡來的？宗鶴鳴沒這個能力與背景培養死士，景旭然同樣沒有。

然而，死士一個活口都沒留下，宗鶴鳴也緘口不言，譚懷魯則因景旭然牽扯在內，心緒不穩，沒能問出更多，甚至連孔戟並未受重傷都不曉得。

待兩人走出房間，天邊已經泛白，宗鶴鳴禁不住狼狽地往背後的牆上一靠。他慶幸呂靜嫻每次跟他聯繫時，向來都是假手他人，偶有親筆書信，也早就被他燒毀，未留下一絲一毫痕跡。

最近這一次，呂靜嫻是透過景旭然與他聯絡，就連那些死士，也是一路跟著他留下的記號尋來的。

孔戟雖然認定他是幫呂家做事，但並沒有實質上的證據，呂家這棵大樹，仍無法輕易被撼動。

如今，宗鶴鳴只希望景旭然有所準備。

「將軍，您這裝得也太過了些。」

孔戟問道：「怎麼？」

陸北玄由衷建議道：「裝內傷就好，外傷不好控制，昨日若非天色已晚，王爺就該瞧出不對了。」

「他年紀大了，眼睛不好，瞧不出來的。」

陸北玄一時無語，心想：王爺知道您這麼說他嗎？

「有人希望我落下殘疾，所以這次我只能坐著回京。」

陸北玄馬上就懂了。「您是要裝裝樣子，還是來真的？下官這裡倒是有一味藥，服下後四肢無力，難以站立，您要不要試試？」

孔戟幽幽地瞄了他一眼。

陸北玄立刻站直身子道：「您放心，一切交給下官，保證幫您包得好好的，任誰都瞧不出不對！」

得知孔戟醒來了，薛明成一進門就怒道：「那小子把這件事全攬下，剩下的則推到景旭然頭上，其他的人一個都沒透露！」

孔戟平靜道：「預料之中，有一個景旭然就夠了。」

薛明成又說道：「其實根本不用譚大人他們訊問，光憑那字條就能給景旭然定罪了。」

「不要小看文人的固執。」孔戟道：「只有聽宗鶴鳴親口承認這一切謀劃都跟景旭然脫不了干係，譚大人才會相信，繼而深入調查他那得意門生背著他幹了些什麼勾當。」

陸北玄忍不住插嘴。「你們怎麼知道譚大人不曉得？萬一他知情呢？」

薛明成殺氣騰騰地朝頸部比了個姿勢道：「不是最好，若他也摻了一腳，那就一併解決了！」

陸北玄不由得縮了縮脖子。

孔戟默默閉眼假寐，顯然不想再多費唇舌了。

午時，譚懷魯和德親王同孔戟商議返京的時間。

德親王語重心長勸道：「早回京、早安心，將軍的傷還須靜養才是。」

孔戟頷首道：「王爺說得對，隨時都可以啟程。」

隔日一早，眾人便往京城出發，孔戟躺在馬車裡，由陸北玄和軍醫隨行照顧。

此次隨孔戟前來的將士有一百來人，他們分散包圍在孔戟的馬車附近，將御林軍隔得老遠，分為前後兩部分。

薛明成縱馬跟在馬車旁，右手牢牢按在劍柄上，目光淡淡掃過一眾御林軍，看得他們寒毛直豎，下意識就想往後退。

原本此處離京城只有兩日路程，考慮到孔戟的狀況，一行人放慢速度，四日後才抵達京城。

御林軍大部分止步於城門口，孔戟所在的馬車則是一路未停，圍在四周的孔家軍也彷彿不知該留在城外，自顧自地圍著自家將軍的馬車往城裡走。

譚懷魯和德親王拿著聖旨帶孔戟進宮，隨行的只有薛明成，還是卸了兵器才能入宮門的，餘下將士們都候在宮外，似乎要等孔戟下令才會離去。

這一幕看得眾大臣心驚肉跳。譚懷魯怎麼把這些人間兵器也帶進城了呢？還就這麼停在宮外！萬一他們突然打進皇宮，一時半刻誰攔得住?!

伊正賢涼涼地說道：「你們去攔一個試試？何況皇上早就下了准許通行的聖旨。」

「那也太不成體統了！」

伊正賢理了理衣襬，淡淡道：「你們該愁的可不是這百來號人，而是邊關那些孔家軍。孔將軍是躺著進宮的，若他當真受到重傷，孔家軍會如何應對？」

眾大臣頓時閉上了嘴。此事……細思極恐啊！

呂盛安微微垂首，眸色染上了幾分凝重。孔戟竟然沒死？那宗鶴鳴呢？按理說，跟在孔戟身邊的不該是宗鶴鳴嗎？怎麼是薛明成？

孔戟勉強從擔架上半直起身子行禮道：「皇上，臣來了。」

謝長風在看到孔戟的那一刻，再也不復平日的鎮定。「怎麼會這樣！」

陸北玄躬身道：「啟稟皇上，將軍內傷頗重，須調養幾月方能恢復，只是將軍還受了一刀致命傷，恐會不良於行。」

謝長風怒意滔天道：「是誰下此毒手?!」

德親王看了譚懷魯一眼，回道：「是副將宗鶴鳴趁夜偷襲，將軍一時不查，著了道。」

譚懷魯閉了閉眼，上前一步，伏地不起道：「是臣教徒無方，讓將軍受此大難。按律臣當迴避，但臣厚顏，請皇上特許臣督察此案，臣願以項上人頭擔保，絕不姑息！」

見謝長風似是不解譚懷魯此舉，德親王便解釋道：「與宗鶴鳴密謀之人，是景旭然。」

謝長風深深地看向譚懷魯道：「那就請譚大人將人帶進宮來，朕要親自問他。」

「臣遵旨！」

德親王道：「臣與譚大人同去。」

「也好，煩勞皇叔了。」

等人都走遠之後，謝長風才走到孔戟身前，滿眼關切地問道：「舅舅傷勢到底如何？」

孔戟輕輕搖了搖頭，說道：「皇上打算讓臣住在何處？臣的傷勢需要靜養。」

「朕不信旁人，舅舅就在朕的議政殿養傷！」

不管孔戟說了什麼，都推翻不了謝長風的決定，最後他只得作罷。

「孔戟進宮了？宗鶴鳴呢？」

「沒見到人，陪孔將軍進宮的是副將薛明成。」

呂靜嫻心頭一跳，後知後覺地生出些許害怕來。情況不該是這樣啊！「替本宮更衣，本宮要去看看。」

身為一國之后，關心當朝將軍的傷勢也在情理之中，更何況他還是煜太妃的親胞弟。

只不過，當呂靜嫻走到宮門口時，卻被一位御林軍攔住了。「娘娘請回吧。」

呂靜嫻目光沈靜道：「誰命你來的？」

「臣奉皇上和太后娘娘旨意，守在鳳儀宮外，任何人不得出入，還請娘娘不要讓臣為難。」

呂靜嫻的心跳漸漸加快。太后和皇上要關住她？這是為何？

同一時間，在煜太妃宮中，陸雲箏緊張地問道：「舅舅進宮了？他人還好嗎？傷勢重不重？」

陸北玄看了煜太妃一眼，見她頷首，這才老實回道：「將軍受了些內傷，已經快好了，外傷也不重，不過將軍說要坐著回京，下官想了想，還是讓他躺著更合適。」

孔戟不讓他下藥，不過陸北玄有得是法子，既然要裝，那就裝到底吧。

陸雲箏一顆心原本吊著，聽到這裡，差點沒憋住笑意。這小子也是不怕死，竟然敢拿孔戟試藥。

「瞧不出你小子倒是膽大。」煜太妃笑著看向陸雲箏說：「妳現在安心了吧？母妃早說過不用擔心了。」

陸雲箏抿唇一笑。孔戟沒事，真是太好了。

接下來就該算帳了，有仇報仇、有怨報怨，既然想害人，就要有被人反殺的覺悟！

譚懷魯步出宮門的時候，才發覺不知何時下起了濛濛細雨，後頭有太監小跑著追過來，捧著一把雨傘給他道：「譚大人，皇上瞧見下了雨，特命老奴給您送傘，天雨路滑，大人可要當心些。」

「謝皇上體恤。」

撐開雨傘，眼前細雨紛飛的景象朦朧了視線，譚懷魯莫名覺得自己也許真的是老了，竟看不透最親近的學生。

走到翰林院，得知景旭然因夫人身體不適而告假，譚懷魯嘆了一聲，轉身就走。

前往景旭然住處的一路上，譚懷魯都在回想往日師徒相處的情形，其實很多事早有蛛絲馬跡，只是他不願正視問題，蒙蔽了自我，也美化了這個學生。

此刻，景府的書房裡，譚懷魯的背後傳來一道聲音。「老師。」

譚懷魯頭也不回地說道：「這聲老師，老夫恐怕擔不起。」

「老師何出此言？」

「你當真不知？」

景旭然垂下眼眸，神情有些寂寥地說：「老師也認為學生做錯了嗎？」

譚懷魯轉過頭問道：「對在何處？孔將軍若有個三長兩短，導致邊關不穩，朝中黨派之爭再起，百姓豈非受無妄之災？」

「老師不也明白朝中已是沆瀣一氣？皇上昏庸無能，朝臣結黨營私、朋比為奸，百姓苦不堪言，謝氏王朝的氣數將盡。」景旭然昂然道：「大樓將傾，何必扶持？樓塌了，再起便是！」

譚懷魯怒斥。「混帳！如此大逆不道的話，你也敢說?!」

「學生哪裡說錯了？那昏君既與貴妃娘娘青梅竹馬，為何要娶皇后娘娘？既然娶了，至少也該舉案齊眉，可他呢？專寵貴妃娘娘，這樣的人也配當皇上？」

譚懷魯喝道：「住口！那是皇家的私事，哪輪得到你來置喙？」

「他在位以來，遇事不決、優柔寡斷，朝中大小事務均由輔佐大臣們處理，說他是昏君都算稱讚了。」景旭然仍是不停下嘴。「孔家軍握在孔戟手裡，只會助紂為虐，倒不如讓旁人取而代之。」

沈默良久後，譚懷魯方道：「你既有如此大義，可曾想過天下百姓當如何？」

景旭然反問道：「如今百姓的日子難道好過？連年天災人禍，百姓食不果腹、衣不蔽體、顛沛流離，即便學生什麼都不做，也遲早會有人揭竿而起！」

「改朝換代說來容易，但哪個朝代不是踏著屍山血海建立起來的？你以為死的都是誰？」譚懷魯的眼底不再有哀痛，斥道：「縱使你說得再大義凜然，也掩蓋不了你的卑鄙齷齪。你謀害孔戟，為的不是什麼天下百姓；你怒罵皇上，為的也不是什麼江山社稷，而是為了你心裡的小嫻！」

景旭然如遭到當頭棒喝，表情差點沒繃住。老師是怎麼知道小嫻的？

譚懷魯冷冷道：「當初，老夫曾在一本書中無意看到一封情詩，落筆『小嫻』，老夫一直以為你思慕的是老夫摯友之女嫻兒，甚至不惜拉下老臉為你保媒，卻沒想到你的小嫻竟是皇后娘娘！

「當日你求老夫帶你進研究院，研究是假，為了見皇后娘娘是真。皇后娘娘命人放風箏那一夜，老夫親眼見你離開研究院，去了哪裡，你心知肚明。你為了一己私慾，罔顧禮法人倫，與呂家勾結，謀害將軍，意圖謀反！」

景旭然下意識回道：「不是！學生沒有！」

「你有！」

一聲嬌斥在書房外響起，門被推開，外頭站著一位年輕婦人，正是景旭然的妻子，馮嫻兒。

看清來人，譚懷魯只覺羞愧難當。當年因為他的誤會，就此將摯友愛女推入火坑之中。不過短短兩年，昔日那個明豔嬌俏的少女全身上下彷彿籠罩上了一層哀愁，身子消瘦到一陣風就能吹跑，哪裡看得出曾經的豐美？

馮嫻兒道：「譚大人不必愧疚，錯的人是他，是他人面獸心、包藏禍心，用一張好皮囊欺騙了世人。」

景旭然怒道：「妳胡言亂語些什麼！」

馮嫻兒卻看也不看他，朝譚懷魯跪了下去，說道：「嫻兒斗膽，想進宮面聖，請譚大人幫嫻兒這一回。」

景旭然道：「妳是瘋了嗎？想去面聖揭發自己的夫君？我若出了事，可少不了你們馮家一份！」

譚懷魯虛托起馮嫻兒道：「好，老夫帶妳去。」

景旭然按下內心的慌亂，沈聲道：「老師，學生是您的得意門生，皇上能相信您是清白的？就算皇上不追究，朝堂上那些奸臣賊子會放過您？」

譚懷魯淡淡道：「祖上有訓，譚氏子弟出仕、致仕，絕不背主，一切但憑皇上決斷。」

景旭然是被譚懷魯五花大綁進宮的，沒了半分翰林學士的體面。

馮嫻兒嫁給景旭然沒多久，就察覺到他心中另有他人，在失望難過之餘，難免生出些不甘來，想弄清楚那個人到底是誰，等到真的弄明白了，她也徹底死了心。

原本不敢說出口，是擔心馮家遭受牽連；如今呈上所有證據，卻是為了交換馮家老小的性命，她已經夠不幸了，不能再牽連娘家人。

看著跪在殿中那瘦弱的身影，謝長風道：「妳若願意，今日便可和離，妳與馮家皆與此事無關。」

馮嫻兒淚流滿面哭道：「謝主隆恩！民婦願意！」

「皇上聖明，那景旭然可真是個道貌岸然的偽君子，憑白連累了一個好姑娘！他有本事裝深情，就不要成親啊，我記得他對外的好名聲當中，有一項就是夫妻恩愛吧？」看著手裡的書信，陸雲箏都快吐了。「呂靜嫻可真有本事，口口聲聲說心悅您多年，結果跟別人寫起情詩來全然不是這麼回事！」

謝長風淡淡道：「她貪戀的本就是權勢。」

馮嫻兒呈上來的，是景旭然和呂靜嫻多年往來的書信。景旭然自認藏得很好，卻小看了一心追尋真相的妻子，或許也是因為他從未真正將她放在眼裡吧。

陸雲箏全部看完以後，突然說道：「不對啊，怎麼只有情詩，沒有密謀的信件？」

「呂靜嫻素來謹慎，不會留下如此明顯的把柄，饒是這些信，也大都是她進宮以前寫的，入宮後只寫過兩封，而且內容並無太多不適宜之處。」

「那我們還是拿他們沒辦法？」

謝長風勾了勾唇角道：「要呂家倒，何須謀逆之罪？只要讓眾人明白，朕能讓呂家樓塌，呂家樓一塌，就無後路可退。太后已經有了呂靜嫻謀害皇嗣的證據，正等待合適的時機。」

陸雲箏一臉不解地問道：「等待什麼時機？」

「明日妳就知道了。」

第二十五章　各懷鬼胎

第二日，早朝開始之前，殿內就瀰漫著幾分風雨欲來的氣息，這種緊繃感，在眾人看到坐在輪椅上被人推過來的孔戟時到達了頂點。

兩年多了，昨日瞧得不夠清楚，今日一見，大夥兒又被孔戟的俊美容貌給震懾住了，但想到他的雷霆手段，便默默移開了目光。據說他的雙腿可能治不好，若真是如此，那孔家軍就該另擇其主了。

這個殺神被人給弄殘了，指不定要拿誰開刀，此刻但凡跟孔戟有過齟齬的人都悄悄擦了擦額角，更別提參他謀逆之罪的人了，簡直悔不當初！

謝長風進殿坐穩後，便宣布早朝開始，孔戟果然第一個開口。「聽聞有人參臣私下屯田，意圖謀逆？」

此話一出，眾大臣的目光都投向了兵部尚書顏克勛，他硬著頭皮出列道：「是。敢問將軍可有此事？」

「臣要在戍邊屯田一事早已上奏，各位大臣們莫非不知？」

曹國公道：「確有此事，但經眾人商議過後，已駁回。」

「臣又上了第二次。」孔戟慢悠悠地補充道：「就在皇上回京途中被流民攔路之時。」

謝長風「嗯」了一聲道：「朕記起來了，確有此事。將軍在奏摺上提議，徙民實邊，使邊關無屯戍之事。朕當時見流民四起，若是能乘機將他們遷徙至邊關，既能加以安置，又能為將士們屯田，還能在邊關重新建城，一舉三得，便准了。」

說著，謝長風愧疚道：「是朕的不是，因貪墨案一事亂了心神，竟忘了曾批過的摺子，讓將軍蒙受不白之冤，不僅憑白奔波一趟，還被偷襲以致重傷。」

眾大臣一時無語。

既然早已批覆，為何之前早朝時不說？將這個殺神給召回來很好玩嗎？忘了當年他是如何在京城翻動風雨，捧謝長風上位，搞得人心惶惶的？還有，摺子呢？應該要存檔吧？批覆過後難道不應該由通政司傳達嗎？

若是孔戟不在，在場怕是有不少大臣會好好說謝長風一頓，如此行事無章，成何體統？可有孔戟在，大家都成了鵪鶉。

此時眾人早已忘了將孔戟召回京的初衷，或者說，在看到孔戟的那一刻起，大夥兒都有默契地想讓他一輩子待在邊關，別回京了。

呂盛安則是在一旁咬牙切齒。孔戟果然留不得，他這個人本身就是武器，哪怕落下殘疾，都能讓人忌憚不已！

陸雲箏今日起床後，隱約聽到窗外有北風呼嘯聲，她側過頭，透過新換的玻璃看向窗外。

「娘娘，快要立冬了。」

陸雲箏微微一怔。她落水那會兒是夏日，如今竟即將入冬了，時間過得可真是快啊……

「今日要給太后娘娘請安，您該起了。」

陸雲箏回過神，起了身。自從孔戟回京，煜太妃便不讓她繼續守在身邊了，許是有要事必須商量吧。

「太妃娘娘派人傳了話來，讓娘娘吃飽些，今天可能會耽誤得久一點。」

陸雲箏想起昨晚謝長風的未盡之語，頓時精神一振。

【今年是長寒冬，宿主要提早準備。】

陸雲箏道：「怎麼不早說？」這都要立冬了，才跟人家說今年冬天會很冷、很漫長？

【宿主已經進行了不少任務，只要不懈怠，有望在這個寒冬收穫滿滿。】

陸雲箏心想：所以你就是見不得我稍微偷個懶，特地拿長寒冬來嚇唬我？

不過，系統說的話不會有假，在夢裡，這一年的冬天確實死了不少人。

眼下不過才要立冬，距離寒冬臘月還有一段時間，應該還來得及想法子幫助百姓熬過去，只要堅持到明年，一切就都會好起來的。

大殿內，寂靜無聲了好一陣子，伊正賢終於出列道：「徙民實邊是勞心勞力且傷財的大事，屯田戍邊亦需要仔細磋商，皇上略過眾位大臣，輕易應允此事，過後又拋之腦後，如此種種，實在過於草率！」

謝長風道：「是朕的錯，朕當時連番遭流民所擾，一時心亂，只覺孔將軍的提議極為合適，便允了。可之後一心想查明貪墨案，竟忘了此事，著實不該。」

「既是如此，臣便再上一次奏摺，煩勞各位商議。」孔戟淡淡道：「由於鄰國進犯，邊關九城血流成河，至今人煙稀少，只靠將士們戍邊，長此以往，恐為一大損失。」

臣請徙民實邊，在邊關再起幾座新城。」

謝長風問道：「諸位以為如何？」

德親王第一個贊同。「臣以為可，因為貪墨案，長江沿岸本該遷移的百姓，如今大都成了流民，全靠朝廷周濟，若不趁早想法子安置他們，等到積水成淵，流民成群，難保將來不成大禍。」

大臣們一聽，紛紛發表意見。

「王爺怎知將流民引去邊關不會成禍？」

「歷朝歷代，擁兵自重、圈地為王的藩王將軍還少嗎？不然祖宗們為何不許將士在邊關屯田？」

「非也，若邊關都是空城，將來被敵人繞過軍隊駐守之地，豈不是要等到他們一路殺到腹地，我們才會知曉？」

一旦吵起來，文臣們的腦袋又可以掛到褲腰帶上了，絲毫不懼孔戟在旁邊虎視眈眈。

呂盛安的目光屢屢掃過坐在輪椅上的孔戟。他至今不知宗鶴鳴是生是死，但自從景旭然被帶進宮後便彷彿消失了一般，不難猜到他們都出了事，只是不知有沒有牽扯到呂家。

曹國公沈著臉一言不發，本該是問責孔戟的大好機會，卻被他四兩撥千金。想不到孔戟的心如此之大，不只是要屯田，還要建城。一旦邊關穩定富足起來，那些人可不會記得朝廷費了多少心力，只會對孔戟感恩戴德！

思及此，曹國公不由得抬頭看向高坐在上的年輕帝王——他當真如此信任孔戟？還是為了奪權，不惜一切手段？

不過，既要建城，朝廷就要委派官員過去，倒不是全然不可行，只是……孔戟腿上的傷到底是真是假？還能不能站起來，乃至行軍打仗？畢竟孔家軍有沒有孔戟在，完全是兩回事。

有如此思量的不只曹國公，不少人都在暗自猜測孔戟的傷勢有多重。至於徙民實邊這個提案，既然伊正賢都說了是大事，自然不是一次早朝就能吵明白的。

眼見越吵越凶，到最後已經都是車軲轆話，謝長風便出聲將此事押後，命大家散朝後再去吵，吵明白了再來。

接下來議了幾件不大不小的事，早朝眼看就要結束了，孔戟再次出聲。「臣此番回京，沿途並未驚動任何人，卻仍中了埋伏，不只臣受重傷，將士們也死傷不少，他們沒能上戰場殺敵，卻倒在死士刀下，如何甘心？臣請皇上徹查此事。」
謝長風道：「理當徹查到底！」
大理寺卿龔至卿只覺得後背一涼，果然，下一刻，這案子又落到他頭上，還好還有刑部尚書方章與他作伴。
只見方章出列道：「臣請督察此案。」
謝長風點頭道：「可。」
事情發展到這個地步，在場眾人隱約嗅到了一股血腥味……
呂靜嫻被禁足多時，突然得太后召見，她心知十有八九是鴻門宴，卻仍面色坦然地去了。
踏進仁壽宮，呂靜嫻抬頭一瞧，只見太后和煜太妃同坐一堂，其他幾位近乎神隱的太妃們也都在場，今日所為何事，呂靜嫻內心也有了幾分計較。
陸雲箏坐在煜太妃身側，太后下首那原本屬於她的位置上則坐著曹玥清。
呂靜嫻看了似乎毫不在意的陸雲箏一眼，心底對她越發鄙夷，難怪當年太后能以性格太過純善、不適合為一國之母為由，拒絕讓她封后。

「兒臣向母后請安、向母妃請安，向……」

呂靜嫻跪伏在地行禮，卻久久未聽見太后讓她起身，太后不開口，其他人都作壁上觀，殿內鴉雀無聲。

陸雲箏來得比較早，這會兒坐得腰有些疼，便略微動了動身子。

太后眉眼未抬，卻出了聲。「怎麼了？」

陸雲箏動作一僵，見眾人的目光都投了過來，她動了動唇角，正要說話，卻被煜太妃打斷了。

「皇上近日事務繁忙，這後宮之事，還是請太后做主。」

太后淡淡道：「到底牽扯到皇嗣，還是由皇上親自來審為好。」

原本有些人還不明就裡，此刻全明白今日這一齣為的是什麼，再看看被太后晾在一邊的呂靜嫻，心頭不免一驚——曹昭容肚子裡的孩子，竟是被皇后弄沒的？

煜太妃道：「皇上素來敬重太后，況且，這後宮裡的陰私事，皇上未必懂，由您審問，自是再公正不過。」

太后摩挲珠串的手頓了頓，終於抬起了頭。

呂靜嫻暗暗冷笑。這兩人敵對了一輩子，不知在後宮謀害過多少皇嗣，今日卻因曹昭容肚子裡那個孽種坐在一起審問她，真是諷刺！

太后問道：「皇后，妳可認罪？」

呂靜嫻直起身回道：「兒臣何罪之有？」

「謀害皇嗣。」

呂靜嫻道：「兒臣與曹昭容連面都沒見上幾次，何來謀害一說？更何況，曹昭容此前在母妃那邊養胎，後又被母后接到仁壽宮，兒臣從未插手過任何安排，謀害皇嗣一說實在是荒謬。」

太后似是知道她不會認罪，抬了抬手，辛嬤嬤會意，將一眾證人都帶上殿來。

看清來人，呂靜嫻的面色倏地沈了下去。

陸雲箏看著她的神情，不禁微微勾了勾唇角。不得不說太后當初那招真是厲害，逼呂靜嫻將身邊人從上到下清理了一遍，最後反而留下了對自己不忠的人。

太后和煜太妃一旦聯手，區區一個呂靜嫻遠不是對手，不過幾個來回，她便不再開口，像是默認了這個罪名。也是，人證、物證俱在，由不得她不認。

呂靜嫻並不慌亂，區區一個昭容肚子裡的胎兒，便是她謀害的，也罪不至死，總有東山再起的機會。

這番模樣落在太后眼底，不啻於赤裸裸的挑釁。

此時謝長風匆匆趕到，聽過太后的陳述，只淡淡掃了呂靜嫻一眼道：「全憑母后做主。」

太后冷冷道：「囚禁皇后於鳳儀宮，非詔不得出入。皇后謀害皇嗣，到底是醜事一樁，暫且壓下不提，年後再行廢后之事。」

謝長風恭順道：「是。」

呂靜嫻微微一顫，她抬起頭，看向那個俊美無儔卻無情至極的男人，突然領悟了什麼。

「皇上是故意的！故意讓大家知道您寵幸了曹昭容，還讓她有孕，然後眼睜睜看我們為了這個皇嗣明爭暗鬥！」

陸雲箏忍不住說道：「沒有什麼明爭暗鬥，自始至終，只有妳一人想要謀害皇嗣而已。」

「本宮還當妳是寬容大度，原來妳早知道這個孩子壓根兒活不下來！」

雖說這話也沒錯，但陸雲箏豈能輸了氣勢。「怎麼？皇后娘娘這是面對鐵證如山，無從辯駁，便想要四處攀咬？」

呂靜嫻怒瞪著雙眼，她竟然敢將她比作畜生?!
陸雲箏則是冷冷地看著她，絲毫不退讓。
良久後，呂靜嫻移開目光，暗道自己何必跟她一般見識，不過是失了分寸罷了。
不等宮女來到跟前，呂靜嫻自顧自起了身，挺直著脊背步出了仁壽宮。
面對太后探究的目光，煜太妃淡淡一笑道：「在這後宮裡，再沒有比本宮更希望有皇嗣誕生的人了。」
太后淡淡道：「只要皇上雨露均霑，自然能早日開枝散葉。」
煜太妃但笑不語。
鳳儀宮裡，辛嬤嬤說道：「皇后娘娘，還請您交出鳳印寶冊。」
呂靜嫻一臉冷漠地看著辛嬤嬤，可她全然不懼，又說了一次。「請交出鳳印寶冊。」
禁足自省本是後宮常見的懲戒手段，不足為慮，但說到交出鳳印寶冊，就是要剝奪呂靜嫻身為皇后的權柄，太后那句年後再行廢后之事，並非存心拖延，而是她當真有這個盤算。
這一次，呂靜嫻輸得心服口服，為了拉下她，連太后和煜太妃都不惜聯手，她要怎麼贏？

遞出鳳印寶冊的那一刻，呂靜嫻彷彿隱約聽到一聲輕響，好似她與後宮的最後一絲聯繫也斷了。

「娘娘……」身旁的宮女隱約帶了哭腔。

呂靜嫻平靜地說道：「本宮還活著，哭什麼？」

就算現在事情變成這樣，她的想法也不會改變，只要留著一條命，就有機會翻身！

怡心宮裡，陸雲箏問道：「太后這是真心想要廢后？」

謝長風輕聲道：「她何時不想？」

當初太后費盡心思才讓謝長風同意另立他人為后，卻被呂家橫插一腳，搶走了皇后之位，能忍到現在已是難得了。

陸雲箏道：「廢后不難，但要一同扳倒呂家才行。」

「好。」

聽到謝長風這麼乾脆的回答，陸雲箏眼睛一亮道：「皇上有盤算了？」

謝長風湊到她耳邊輕語。「呂家既有反心，定然不只有宗鶴鳴和景旭然這麼兩顆棋子，得知呂靜嫻后位不保，他們必有後招，咱們等著便是。」

陸雲箏點點頭，問道：「舅舅不回邊關了嗎？」

「只有他腿傷不癒，眾臣才可能接納徙民實邊這個提議。他留在京城，遠比在邊關能做的更多。」

聽到孔戟留下，陸雲箏莫名安心許多。在夢裡，因為孔戟重傷昏迷不醒，朝中才陷入一片混亂，各方人馬乘機搶奪邊關兵權。等他終於醒來時，身邊得力心腹已經被誅殺殆盡。

彼時，煜太妃早已身亡，而孔戟落下殘疾，無力回天。後來他在長公主的幫助下逃離京城，但夢中過了足足五年，陸雲箏都不曾再見到他。

保住了最重要的兩個人，陸雲箏覺得自己這小半年的工夫沒有白費，雖然她自認沒做多少事。

【宿主不必妄自菲薄，對聰明人來說，一句提點就夠了。】

陸雲箏翻了個白眼。「謝謝，但我並不覺得這算是誇獎。」

太后和皇上都沒打算給呂靜嫻留顏面，後宮裡發生的事便瞞不了多久，呂盛安很快就得到消息，也明白女兒的后位怕是不保了。

這一夜，呂家的書房燈亮如晝。

對身處京城的其他官員們來說，這同樣是個不眠之夜——孔戟的提議，讓人既惶恐又心動。

邊關那一州，在前朝素來是富庶之地，只是本朝屢遭敵國進犯，一直未能休養生息，此番若能一舉建城，或許是件好事。

不過這些都與陸雲箏無關，她被謝長風按在床上翻來覆去、覆去翻來，好似要將這段時日缺失的情事都補回來。

「皇上，不要了……」陸雲箏覺得渾身腰痠背痛，這還是在她沒怎麼動的情況下，她實在不明白某人體力為什麼這麼好。

謝長風的嗓音有些沙啞。「嗯？還想要？」

陸雲箏一張俏臉不禁脹紅。這人怎麼在床第之間這般無賴，比她這個在現代社會走過一遭的人還要騷！

等到雲雨漸收，已經是半夜了，陸雲箏懶洋洋地動都不想動，被謝長風抱著去洗了身子，又抱回來。

原本整個人昏昏欲睡，陸雲箏卻突然想起什麼，拉著謝長風的手臂道：「皇上，今年會是寒冬，而且持續時間會比較長。」

謝長風側首看著她道：「朕曉得，欽天監上過幾次摺子，所以徙民實邊勢在必行。」

陸雲箏補充道：「不僅是流民需要安置，其他貧苦百姓也有凍死的風險，我覺得要多多燒製木炭，分發到各處，以防萬一。」

謝長風心下微動，問道：「妳有更好的燒製之法？」

第二十六章　強行擄人

陸雲箏還真的有方法，下午剛剛兌換的除了《木炭燒製工藝》，還有一張火炕圖紙，這是她額外跟系統討來的，只花了一積分。

對於《木炭燒製工藝》，謝長風只略微看過就擱置在一邊，打算明日交給崔鴻白去操心，火炕圖紙倒是引起了他的興趣。「這東西倒是巧妙。」

陸雲箏連連點頭道：「火炕最適合寒冬臘月了，左右無農事可忙，一家子窩在炕上，吃喝睡覺都可以，就算被子不暖和也沒關係。」

「製作工藝看起來並不繁複，算是便於推廣。」

陸雲箏道：「動作要快，有了火炕，再加上木炭，寒冬再長也不怕！」

「好，朕明日就與他們商議。」謝長風親了親她光潔的額頭，笑道：「還不睏？那再來一次？」

陸雲箏立刻閉上眼裝死道：「我睡著了。」

謝長風悶聲笑了起來，聽得陸雲箏想打人。

第二日，謝長風召集了幾位輔佐大臣及六部尚書，商議應對長寒冬一事。

大家都看過欽天監的摺子，雖然想了些措施，但並未太放在心上，畢竟這幾年年歲都不太好，眾人已經習慣了。

不過，此次謝長風拿出了一張火炕圖紙，在場的人都不蠢，一眼就看出了火炕的好處，心道確實適合百姓使用。

「朕欲大力推行此炕，諸位意下如何？」

崔鴻白第一個表態。「皇上聖明，臣願督辦此事。」

譚懷魯道：「臣以為大有可為。」

有大臣提出意見。「只是，這其中花銷……」

謝長風回道：「朕偶得一製炭法，欲大量製炭，賣炭所賺銀兩用以填補推廣火炕所需的花銷，將來若要徙民實邊，亦可從中抽取銀兩。」

此言一出，眾人微微一驚，隨即在心裡默默盤算。這半年以來，皇上偶得的好東西可太多了！雖然製炭法聽起來不過爾爾，跟那什麼《製鹼法》、《玻璃製作工藝》等沒辦法相比，但木炭是消耗品，家家戶戶都要用上許多，盈利再小，積累起來也很可觀。

曹國公已經錯過許多賺錢的機會，幾次看著白花花的銀子從眼前飛過，這次終於按捺不住道：「不知皇上打算如何大量製炭？」

眼見魚兒上鈎，謝長風的語氣越發溫和。「朕在深宮之中，行事多有不便，最好如同製作玻璃一般，交由諸位負責，朕分紅利便是。」

「所以曹國公就這麼公然搶走了製炭的機會？」

謝長風頷首道：「他都開了口，其他人就是想要，也不敢了。」

「皇上不擔心他偷偷動手腳嗎？」

謝長風笑道：「妳覺得呢？」

陸雲箏覺得謝長風怕是擔心曹國公不偷偷動手腳，這明擺著就是個魚餌，然而曹國公還是毫不猶豫地咬了下去，可見財帛動人心啊！

「崔大人實在會做生意，玻璃掙的銀子太多，教人眼紅了。」

謝長風笑道：「皇姊也不遑多讓，她那間鋪子可是日進斗金啊。」

「大量製炭成本低廉，若是曹國公手下有能人，一樣能為他帶來大量財富，就不知道他是怎麼想的了。」陸雲箏言罷，又問：「他能做好吧？畢竟這可是關乎民生的大事。」

「曹家可不是呂家，區區製炭罷了，不成問題。」

「主要是時間不多了。」

謝長風道：「不必憂心，朕已經加派人手分布於北方各處，若朝廷實在無力，咱們私下補給便是。」

「銀兩夠嗎？」

聽此一問，謝長風笑容中多了幾分愜意。「自是夠的。」

各處的秋收稅銀陸續上繳，謝長風的私庫多了一大筆進項，此外，崔鴻白賣玻璃的分成也十分可觀。崔家似乎是想賣個好，並未等到回本，就直接按照銷售額給了謝長風分紅，雖然產量還不夠高，但架不住賣得貴，收入可說不小。

「邊關已經製成玻璃，私下賣到關外去了，據說賣得比崔大人還貴，無須朕憂心，或許等到年底時，還能給朕送些銀子來。」

這可真是不容易，孔家軍就是個大坑，這幾年把謝長風坑得夠窮，如今終於能自給自足，也算是令人欣慰。

陸雲箏笑道：「難怪皇上近日都不要我的銀子了。」

「本就該是朕給妳銀子花。」

陸雲箏道：「皇上可不要得意，往後花錢的地方多著呢。」

「不知貴妃娘娘還有何吩咐？」

「那可多了，等皇上多攢點家當再說吧！」

瞧著面前人得意的小模樣，謝長風心癢難耐，雙手漸漸不規矩起來，嘴裡笑道：「謹遵貴妃娘娘旨意！」

對於利國利民的大事，崔鴻白一向上心，沒幾天的工夫，就帶著戶部的能工巧匠們製造出了火炕。

試用當天，大臣們都去瞧了個新鮮，發現當真是好東西，關鍵是造價低廉，當即一致通過推廣方案。

謝長風順水推舟，將此事交給戶部和德親王督辦，而工部尚書邵允則是默默閉上嘴，暗嘆自己動作晚了一步。

眼下六部當中，吏部與兵部忙著處理年末官員回京之事；刑部專注於調查孔戟遇襲一案；戶部有多忙碌就不用提了，禮部也有些雜事要安排。

唯有工部，幾乎無所事事。只恨他目光短淺，信了呂盛安的鬼話，沒能及時察覺朝中風向早已改變。

與此同時，曹國公召集了大量人手，如火如荼地開始製炭，為了加快速度，竟不惜親自向謝長風借研究院的人一用，謝長風在獅子大開口要了一大筆銀子後同意了。

曹國公一邊謝恩，一邊磨了磨牙，暗自發誓定要讓製炭工藝在手上發揚光大，否則對不住這白花花的銀子和自己捨下的一張老臉！

此刻的曹國公似乎全然沒有察覺，他已經快要把孔戟的事給忘光了。

孔戟自是樂得清閒，因為住在議政殿裡，幾乎沒人上門打擾，然而正當他逍遙自在之時……

「孔大人可真是悠哉樂哉。」

孔戟那在看書的背影一僵，他轉過身道：「長公主殿下怎麼來了？」

謝敏一腳踏進房門，昂首闊步道：「怎麼，本宮不能來嗎？」

孔戟拱手行禮道：「臣不敢，是臣失言，還請殿下責罰。」

謝敏一字一句、咬牙切齒地說：「確實該罰！」

孔戟垂首，聽著腳步聲一步步靠近，最終視線內出現大紅色的裙襬，只見裙邊用金絲線繡著大團盛開的花朵，不用抬頭都能想像出面前這人明豔矜貴的模樣。

謝敏盯著孔戟，深深覺得他果然如當年一樣可恨。

半晌後，她說道：「孔將軍衝撞了本宮，本宮要將其押回府裡，好生懲治！」

「皇上，長公主殿下要帶走孔將軍。」

見謝長風一臉不明所以，嬤嬤補充說明道：「長公主殿下說孔將軍衝撞了她，要帶孔將軍回府好好算算帳。」

謝長風扶額道：「將軍說什麼了？」

「將軍讓老奴來請皇上去求個情。」

謝長風仔細思量了一番，心想近日並無要事與孔戟商量，便道：「朕分身乏術。」

「老奴明白了。」

於是，孔戟就這麼被長公主給帶走了，大搖大擺、光明正大。

陸雲箏在煜太妃宮中得到消息，忍不住驚訝道：「姊姊她……」這麼霸氣嗎？

煜太妃淡淡笑道：「一個願打、一個願挨，不必理會。」

陸雲箏想了想，也是。孔戟是誰？那是長公主強迫得了的人嗎？這麼說來，當年他們倆之間那件事，孔戟又抱著怎樣的心態呢？

見陸雲箏不語，煜太妃又道：「之前妳舅舅重傷的消息傳回京，長公主親自帶人去找，卻撲了個空。據說當時薛明成好像遇見過他們的人馬，他卻避開了長公主，任由她沒日沒夜地尋了幾日。」

那就難怪了！薛明成並不知道當初他們兩人發生的事，自然會擔心長公主壞了計劃，不過這個鍋……可就得由孔戟來揹嘍！

陸雲箏瞧著煜太妃的神情，覺得她似乎並不反對他們在一起？

看出陸雲箏的想法，煜太妃說道：「當年母妃都沒攔著他們，如今更沒必要了。」

長公主當時可不是隨便拉個人了事，總歸是先接觸、了解了孔戟一番。那會兒正是煜太妃得寵之時，對唯一的弟弟仔細得很，若真想攔著，長公主怕是不能輕易把人偷偷帶走「這樣那樣」。

陸雲箏莫名有些心虛，畢竟那事是她瞎出主意搞出來的，只得避重就輕道：「姊姊她……挺好的。」

「是挺好的，尋常女子也拿不住妳舅舅。」

最關鍵的一點是，孔戟他心甘情願！煜太妃這輩子都身不由己，真心希望自己的胞弟能有個幸福美滿的家。

見狀，陸雲箏暗暗鬆了口氣。她原本還擔心煜太妃會反對，畢竟孔戟和長公主雖然年齡差不多，卻差了一個輩分，也就是先帝的嫡長女跟妃子的弟弟在一起了，在這個時代，只怕一般人難以接受吧……

坐上奢華的馬車後，孔戟問了一句。「殿下想要怎麼懲治臣？」

謝敏一路冷著臉，看都不看孔戟一眼，更遑論搭理他。

孔戟也不惱，自顧自地倒了杯茶水，藉機細細打量了長公主一番。多年未見，長公主的變化實在太大，當年溫柔賢淑的人兒如今霸氣驕矜，卻更讓人移不開眼了。

謝敏表面上從容，可攏在袖子裡的手卻緊緊攢著，今日這身裝扮可是費了她不少心思，容不得孔戟忽視。

待進了府邸，謝敏便冷聲道：「把人綁上，給本宮抬到床上去。」

孔戟挑了挑眉，卻乖乖任由自己被五花大綁，放平在香軟的閨閣之中。

謝敏揮手道：「都下去吧。」

「是。」

等眾人退出去，孔戟就輕笑一聲道：「殿下這是要做什麼？」

謝敏瞪了他一眼，轉身從床底拖出一個木箱，打開以後，就見裡頭盡是些五花八門的東西。

孔戟瞧不見箱子裡裝了什麼，卻知道應當不是什麼上得了檯面的玩意兒，不知想到什麼，他竟又笑了一聲。

謝敏抿了抿唇，鳳目閃過一絲惱怒。她懶得挑揀，順手抄起一把剪子，在孔戟略帶訝異的目光中，掀開他的外袍，直接將褲子自膝蓋往下給剪開了。

「殿下這是……」

「閉嘴！」謝敏怒斥道，隨後扔了剪子，伸手解開膝蓋上的白布。

白布繞得緊又厚實，拆了一圈還有一圈，謝敏的臉色越來越沈，拆到後面時，雙手甚至隱約有些顫抖，然而，當最後一層白布被小心翼翼地拆開時，謝敏的動作頓住了。

孔戟暗嘆一聲，輕輕喚道：「殿下。」

謝敏猛地轉過頭，目光緊緊盯著他，語氣裡滿是風雨欲來的氣息。「你沒受傷?!」

「不是。」

聽到這個回答，謝敏的眼神越發凜冽。

孔戟回道：「傷了，但是陸北玄醫術不錯，外傷都好了，只餘下內傷，需要好生調理。」

謝敏依舊盯著他，似是要分辨這話裡有幾分真、幾分假。

孔戟本就喜怒不形於色，自是不怕她看。

良久後，謝敏突然抬手褪去自己的外衣，慢悠悠上了床，雙腿分開，跪坐在孔戟的大腿上。

孔戟原本悠閒的神情隨著長公主的舉動漸漸變了。

「一別十年，不知將軍可曾有過紅顏知己？」

「邊關都是男兒。」孔戟笑問：「殿下可有藍顏？」

「將軍竟不知？」

隨著長公主的動作，孔戟微微悶哼一聲，再聽她的話語，眼底的調侃之色漸退，不知何時染上了血色，好似沈睡的巨獸即將甦醒。

謝敏恍若未知，手上動作不停，緩緩道：「將軍若是好奇，想見一見也行……」

眼見手中巨物就要洩出，謝敏只覺眼前一陣天旋地轉，下一刻便被人按在柔軟的錦被中，那個自稱有傷的人，正伏在她身上。

「你果然是裝的！」
孔戟俊美的面龐泛起幾分紅暈，素來無波的面容帶著笑意，好似冰雪初融，教人心都化了，他修長的手指握著長公主的皓腕，說道：「殿下真是好手段。」
謝敏氣息有些紊亂，眼神卻很亮。「不及孔將軍。」
孔戟垂首，用清淺的笑意靜靜凝視身下之人。有人說過，他若笑起來，便是星河燦爛，而此刻，他的滿天星河裡，彷彿就只有長公主一人。
如此溫柔繾綣的時刻，他慢慢張了口，輕聲問道：「藍顏很多？」
謝敏也笑了，聲若銀鈴、豔若桃李，晃花了人眼。「京城繁華，地靈人傑，本宮當然不會虛度年華。」
孔戟握著長公主的手微微緊了緊，手指輕輕摩挲著她的腕處，許久後，他挑眉一笑，邪魅狂狷道：「既是如此，想必殿下不介意多臣一個入幕之賓？」
「放肆！」謝敏叱道：「你不過是一介粗鄙武夫，何來資格當本宮入幕之賓?!」
孔戟單手壓著長公主，另一隻手順著她的手臂遊走。「武夫也有武夫的情趣，殿下不想試試？」
謝敏這些年雖然任性妄為、肆意張揚，卻從未養過面首，先前那話是拿來氣孔戟的，動動嘴皮子還行，等到真上了手，哪裡會是他的對手？

不過俗話說得好，輸人不輸陣，謝敏強忍著羞澀，一動也不動，冷冷看著孔戟，只是越發紅潤的面龐和眼角，終究出賣了她。

孔戟哪裡看不出她是在虛張聲勢，正要說話，卻突然覺得腦子有些昏沈，動作一頓道：「殿下果真好手段。」

「不及將軍萬分之一。」

孔戟越來越暈，他很清楚自己著了道，只來得及暗道一聲「大意了」，便失去了意識。

謝敏這才長吁了一口氣。她還以為費盡心思從陸北玄那邊騙來的迷藥對孔戟沒用呢，沒想到他竟然能撐到現在，多年未見，他的內力更厲害了！

侍女們進來的時候，就看到孔戟整個人將長公主壓在身下，頓時嚇得變了臉色，忙跑到床前道：「殿下，您沒事吧?!」

「無事，把他抬下去，仔細些。」

侍女們應了一聲，七手八腳將孔戟抬到一邊，見自家公主衣衫完整，這才稍稍放鬆，再看向孔戟時，眼神寫滿了鄙夷，心想：這人看著如同高山白雪一般，誰知竟是個登徒子，腿都不能動了，還敢輕薄長公主！

謝敏未多作解釋，而是從床邊的木箱裡搜出一套鎖鏈道：「給他鎖上。」

侍女們驚訝地瞪大了眼，心道：殿下您這是想幹麼？這麼一大箱亂七八糟的東西是何時準備的？我們竟然都不知道……

話雖如此，她們還是很積極地料理起了孔戟，畢竟這位可是戰神，哪怕瘸了腿，也不是自家嬌滴滴的公主能對付的，還是鎖住最好！

譚懷魯這些日子過得頗為不順心，在看到不請自來的呂盛安時，更可說是氣不打一處來。「侯爺既然知道老夫從不與蠢人來往，今日何必跑這一趟？」

呂盛安頓了頓，他沒想到譚懷魯如此不留情面，不過就某種程度來說，這也是好事，至少不必再互打官腔、彼此試探。

於是，呂盛安不再拐彎抹角，直言道：「譚大人是聰明人，應當猜得到本侯的來意。」

「老夫猜不到，也不願猜，侯爺生了個好女兒，勾得老夫那蠢學生暈頭轉向，今日您來此，不論是為了什麼目的，老夫都不想聽，請回吧。」

呂盛安道：「得意門生被冤枉，譚大人有氣，本侯能理解，但當務之急，不是要先替旭然洗清冤屈嗎？」

「老夫為何要這麼做？他私通皇后娘娘、謀害孔將軍，本就是死罪！」

第二十七章 動盪不安

呂盛安的表情有些不好看。「譚大人這話未免太過難聽。」

譚懷魯一甩袖子道：「侯爺若有謀逆之心，老夫絕不與爾等為伍。」

呂盛安終於知道譚懷魯這麼不留情面的原因，是當真瞧不上自己，當下沒了好臉色，只道：「譚大人果真清正廉明！只是不知當今朝堂之上誰會信你，可別到了最後，賠上譚氏數百年基業！」

譚懷魯冷笑道：「這番話，老夫倒要原封不動還給侯爺才是。」

此話一出，呂盛安扭頭就走，譚懷魯則是氣得半天沒動。

過了一會兒，譚懷魯的姪孫譚之典走過來勸道：「叔公，您消消氣。」

譚懷魯不禁怒道：「此等愚昧之人，老夫竟與他同朝數十載！老夫錯了，剛剛就該假意逢迎，趕緊勸他反了，好讓皇上趁早誅了他，省心！」

這兩個年輕的晚輩剛從譚氏祖宅過來，瞧見自家叔公如此暴怒失態，心道傳言果然不可信。都說當朝宰相譚大人性情溫和、波瀾不驚，如今親眼所見，卻是暴跳如雷。

譚懷魯罵了一頓，總算暢快了些，轉頭見兩個姪孫乖巧聽話的模樣，便道：「明日老夫就帶你們去研究院。」

「全憑叔公安排。」譚之典與譚之玄異口同聲答道。

「崔家那兩個後輩跟你們年紀相當，已經研製出好幾樣東西，希望你們不要墜了我們譚氏的名聲。」

「是！」

譚懷魯頷首，溫言同他們聊了一會兒，又考驗了一番功課，這才打發走兩人。

雖然皇上近日對他冷淡不少，但譚懷魯知道自己並沒有失去皇上的信任，否則刑部和大理寺早就找上門來了，畢竟景旭然是他的得意門生，真要追究起來，他無論如何都脫不了干係。

皇上的盤算譚懷魯也能猜到幾分，左右不過是君王御下之策，但只要他有本事將天下治理得更好，想要譚氏助他一臂之力，也未嘗不可。

果然，在聽聞譚懷魯想送兩位姪孫進研究院時，謝長風一口應下，甚至親自領著他們進去，還賞了《水泥製作工藝》孤本。

「朕即位這段時間以來，若非有譚大人居中斡旋，朕撐不到今日。朕信你，也希望你能信朕一次。」

譚懷魯忍不住哽咽道：「臣自是信皇上的。」

原本陸雲箏並不想這麼快就兌換《水泥製作工藝》的，雖說要致富先修路，但眼下溫飽問題都還沒解決就拿錢來修路，是不是不太合適？

況且修路需要的銀兩也是個天文數字，陸雲箏很想先兌換《海鹽精製法》那隻能下金蛋的母雞，再考慮別的。

不過系統自有運算法則，想得到更多東西，得先弄出水泥，陸雲箏沒能爭過它，只能含淚兌換《水泥製作工藝》，然後怒接一批新任務。

正好，謝長風也想拉攏譚氏，平衡一下崔氏，因此將水泥交給譚懷魯再合適不過，只是工部尚書邵允若是知曉此事，怕是又要跟他哭訴一番了。

陸雲箏不解道：「他不是一直跟呂家交好？呂家都要謀反了，他還跟皇上哭什麼？指不定混個從龍之功，還能再進幾步呢。」

謝長風失笑地說：「他跟呂家交好，未必是真心。不是誰都敢跟謀逆這種事沾上邊，便是呂盛安管理的那部分御林軍，若是知道他的心思，怕是得跑掉一大半。」

「那要不要私下透露出去，讓他反不成？」

這種話雖然孩子氣，謝長風卻認真回了。「呂家手中還握著更多東西，得逼他們露出來才行。」

陸雲箏不說話了。朝堂上這些事她不太懂，謝長風隨口說給她聽聽，她也就隨便應兩句，並不打算干預什麼，她太有自知之明了。

這幾日她把之前剛醒時記錄的東西翻出來看了一下，察覺大多數內容都改變了，她原本想護著的人似乎已不需要她拯救，而未來的事，她不僅不曉得何時會降臨，甚至連還會不會發生也不曉得……

謝長風的聲音打斷了她的沈思。「皇姊這幾日可有來找妳？」

陸雲箏搖頭道：「沒有，她只派人送了書信和分紅來，說近日要好好同故人敘敘舊，就先不來尋我了。」

謝長風不由得笑道：「看來舅舅此番是躲不了了。」

陸雲箏也笑起來，這對冤家牽扯了十餘年，緣分竟還未斷。「若是他們想在一起，皇上會為他們賜婚嗎？」

謝長風想了想，回道：「不合適，他們畢竟差了一輩，朕不能公然表態，會惹眾議。」

陸雲箏應了一聲，覺得也是這個道理。

謝長風以為她不開心，又道：「他們若是真心想在一起，便不會在意世俗之名，朝臣們怕是也不敢多嘴。」畢竟舅舅夠強悍，而他那皇姊向來也肆意妄為不聽勸。

「也對，是我想岔了。」

「後日立冬，妳隨朕一道祭祀，這兩日好好休息一下。」

想到祭祀那日天未亮就要起床，陸雲箏下意識就想拒絕，可想到這是為了天下百姓跟謝長風，話到唇邊又嚥了回去，只應道：「放心吧，不過是祭祀而已，我沒問題的！」

「既是如此，那今晚……」

謝長風邊說邊將陸雲箏壓到柔軟的被褥之間，雙手也漸漸不規矩起來。

陸雲箏忙道：「不不不！我需要休息！」

謝長風悶笑幾聲，將陸雲箏逗得面紅耳赤才放開她。

陸雲箏這才發覺自己被騙了。對啊，祭祀前三日要齋戒沐浴，怎能行房事？謝長風這壞蛋老愛整她，真可惡！

孔戟撐著下巴，晃了晃手腕上的鎖鏈，他不知想到什麼，突然輕笑出聲。

幾年不見，當年那個嫻靜文雅的丫頭，竟變得如此豪邁不羈。不過倒是有一點沒變，明明心虛得要命，卻總是故作高傲，教人忍不住想逗逗她，看她惱羞成怒、再也裝不下去的模樣。

想起昏迷前的事，孔戟嘖了兩聲。那丫頭的手法生疏得要命，哪裡像是閱盡千帆的模樣，以為騙得過他？

薛明成翻身進屋的時候，看到的就是自家將軍笑得春心蕩漾的表情，驚得他差點從窗戶滾下去。

「將軍？您沒事吧？」薛明成心想，沒被下什麼奇怪的毒吧？

孔戟斂起了笑，問道：「你怎麼來了？」

薛明成無奈地答道：「您被長公主殿下帶走，一天一夜沒消沒息，我能不來瞧瞧嗎?!」

言畢，薛明成就瞧見孔戟四肢綁著鎖鏈——長公主殿下這麼凶殘嗎？而且將軍居然忍了？

發覺薛明成探究的視線，孔戟不禁瞄了他一眼。

薛明成摸摸鼻子，壓下滿腔的好奇心，說起了正事。「呂家這幾日在京城走動頗為頻繁，還搞了幾次賞花詩詞會，賞到半夜還不見客人離去，可說是欲蓋彌彰。呂盛安還親自找過譚大人，但沒多久便負氣出走，譚大人隔天就送了兩個譚家晚輩進研究院了。至於呂靜嫻，她在宮裡暫且沒什麼動靜。」

孔戟頷首道：「譚府不必盯了。」

「這就不盯了？還是盯著吧，景旭然可是譚大人的得意門生呢，誰知道他跟誰一邊？」

「他哪邊都不是，譚氏一族素來不摻和黨派之爭，若不是皇上拿那幾本孤本勾住他，這會兒都該上摺子致仕了。」

薛明成應道：「也是，他那兩個姪孫倒是挺有才名的，就是不知有幾分真才實學。」

不能怪薛明成有這種想法，畢竟貴族圈子裡名不副實之輩太多了。

孔戟道：「不必管這些，盯緊呂家，過兩日就是立冬祭祀大典，他們必定有所行動。」

薛明成點頭稱是，正要說話，耳朵一動，頓時轉過身，打算依原路離開。

孔戟打斷他道：「上梁。」

薛明成也不含糊，立即翻身蹲到梁上。

片刻後，房門被推開，謝敏背著光立在門口，吩咐道：「守在院子裡，一隻蒼蠅都不許飛出去。」

蹲在梁上的薛明成暗吸一口氣，幸好他沒離開！

然而，還沒等他這口氣喘勻，就見謝敏走到床前淡淡道：「人呢？」

孔戟裝作不知情地說：「誰？」

「剛剛飛進來的那隻蒼蠅。」謝敏抬了抬下巴道：「孔將軍不要太瞧不起人，本宮養的可不全是酒囊飯袋。」

孔戟抬起雙手略微晃了晃道：「殿下將臣帶回府，迷暈了困在床上，如今還想要逮臣的屬下，恐怕不合適吧？」

「怎麼？你的人亂闖本宮府邸，還不許本宮拿人了？」

「明成他不過是避過殿下一回罷了，他不知您與我的交情，否則斷不至於讓殿下乾著急一場。」

薛明成捂住嘴巴，瞪圓了眼。下面那位還是他追隨多年的將軍嗎？莫不是被什麼髒東西上了身吧？

謝敏挑眉道：「本宮與你能有何交情？」

孔戟笑了，說道：「殿下都讓臣進了香閨……」

話還未說完，突然間「砰」的一聲，謝敏垂眼，與摔在自己面前的薛明成眼神對個正著。

薛明成翻身而起，當下跪倒道：「長公主殿下明鑑，臣偶遇您卻避而不見，是得了將軍之命。」

不能怪他拋棄將軍，因為自家師父曾說過，有些鍋是絕對不能揹的！

孔戟扶了扶額，忽然覺得哪怕是宗鶴鳴，都比眼前這個傻子要好得多。

謝敏回道：「不知者無罪。」

薛明成心下一喜道：「謝殿下！」

「往事可不追究，但你今日擅闖本宮府邸，本宮卻不能不計較。來人……」

薛明成萬萬沒想到長公主說翻臉就翻臉，不由得轉頭向孔戟求救，孔戟只得嘆道：

「要怎麼做，殿下才會放過他？」

謝敏淡笑道：「一千兩……」

薛明成瞬間睜大了眼睛，萬萬沒想到自己竟然值一千兩銀子！

此時謝敏才把話說完。「黃金。」

薛明成不禁又看向孔戟。這下完蛋了，將軍肯定不會救他！

孔戟一聲長嘆道：「臣阮囊羞澀。」

「沒關係，本宮允許你打欠條。」謝敏盯著薛明成道：「你去寫，讓你家將軍簽字畫押。」

薛明成頓時無語問蒼天。

「今日是立冬吧？」

「是，娘娘。」

呂靜嫻站在廊下，靜靜看著外面。

依照本朝的規矩，每年立冬，天子要攜百官祭祀，過去，她都是站在謝長風身邊的那個人。雖然得不到君王寵愛，但身為高高在上的國母所帶來的權勢與地位，足以讓她滿意。如今，她雖依然住在鳳儀宮，卻是什麼都沒有了，多年算計成了一場笑話。

饒是如此，呂靜嫻內心卻道：對，我是可悲，可陸雲箏就能笑到最後？呵！

陸雲箏跟在謝長風身後，一絲不苟地執行最近學習的規矩。夢中這個立冬並未發生什麼大事，但那會兒呂靜嫻還在憋大招，所以陸雲箏一顆心還是吊著，總覺得會出狀況。

祭祀的過程很順利，陸雲箏正要鬆口氣，卻猛然聽到天邊傳來一聲悶響，緊接著地面晃動了起來。

謝長風立刻轉過身將陸雲箏拉進懷裡護著，所幸這場晃動不怎麼厲害，也未持續很久。

正當眾人平復情緒時，有護衛急急上前稟報道：「皇上，急報！城郊西北的山林起火了！」

出了這麼大的動靜，城中百姓自然有所感，想到今日是立冬祭祀大典，卻突降天災，一時之間人心惶惶。

祭祀已經完成，陸雲箏馬上被護送回宮，留下謝長風及大臣們處理後續事宜。

陸雲箏忍不住問系統。「這是怎麼回事？」

【有人提前在城郊西北的山體埋了大量炸藥，引爆時造成輕微地動。】

「你怎麼沒提醒我？」

【這是人禍。】

系統只會提醒天災，不會干預人事。陸雲箏深吸了口氣，稍稍壓下內心的怒意道：

「是否有人員傷亡？」

【沒有任何無辜百姓因此傷亡。】

陸雲箏鬆了口氣。這件事是誰做的根本不必多言，目的大概就是造勢，想來不用等到明日，京城就將流言四起。

地動的時候，孔戟正待在房裡。他手中拿著書靠坐在床頭，視線落在桌邊那道倩影上，淡淡道：「可否將這鎖鏈撤下兩個？」

謝敏正對著帳簿撥弄算珠，這清脆悅耳的聲音，聽在她耳裡都是金錢入庫的響動，想到鋪子裡每日的收入，她的唇角不自覺地帶了幾分笑意。

聽到孔戟的要求，謝敏頭也不回地說：「不行。」

「那撤一個？」

回應他的只有一串金石相碰的聲音，長公主連算珠都是用金銀打造的，著實貴氣。

孔戟挑了挑眉，正要再說什麼，忽然聽到一聲悶響，他目光一凝，鎖鏈瞬間寸寸皆斷。

謝敏眼尾餘光剛掃過去，就見一道身影飛身而至，攔腰抱住她，鼻尖隨即充斥著令人熟悉的冷冽氣息，等她反應過來時，人已經到了屋外。

還不等謝敏開口說話，就感覺到一陣地動，她心頭一驚，下意識摟住了孔戟的脖子。

孔戟低聲道：「莫怕，不是地動，妳看。」

順著他指的方向，謝敏這才發覺他們正站在屋頂上，遙遙可見西北方冒出滾滾濃煙。

謝敏喃喃道：「這是怎麼回事？」

孔戟心下了然道：「有人想要裝神弄鬼。」

「公主殿下！」

「殿下，您怎麼在那裡?!」

一疊聲的呼喚總算讓謝敏回過神來，她一看向孔戟，孔戟就抱著她躍至地面，舉止坦蕩，好似理所當然。

見長公主被放開，侍女們連忙上前團團圍住她，乘機隔開孔戟。孔戟被擠得後退兩步，似笑非笑——他可從未受過這樣的冷遇。

安撫好侍女們，謝敏重新進房，順帶召孔戟進去。頂著侍女們防賊一般的目光，孔戟悠閒自在地進了房門。

謝敏逕自走到床邊，看著斷成一截一截的鎖鏈，輕聲道：「這是本宮花重金請人打造的。」

孔戟道：「殿下顯然被人騙了。」

謝敏轉過頭道：「不，是被你弄壞了。」

「這鎖鏈品質太差，困不住人，殿下若是想要，臣再替您打造一副。」

「能困住將軍嗎？」

孔戟道：「怕是有些難。」

謝敏輕輕笑了，說道：「將軍賠銀子吧。」

「殿下可真是無情。」

謝敏卻不理，逕自拉住孔戟的衣袖，將人帶到桌前道：「現在就寫。」

孔戟問道：「寫什麼？」

「欠條，黃金百兩。」

這一日，不只京城出現地動，其餘數州也發生類似情形，若在地圖上點出那些地方再連起來，不難發現形狀竟似一條伏臥的龍。

陸雲箏當晚才得知此事，她靈光一閃，想起夢中確有此事，但那應該是在幾年之後才對！那時書中男主角具備了一定的勢力，正打算揮兵進京，為了顯得師出有名，他與女主角湊在一起想出了這樣的法子。

難道他們並非後來才相識的？男主角也是呂靜嫻魚塘裡的魚，只是後來才變大的？

像是要驗證陸雲箏的猜測，第二日就有急報傳來，說是九狐山有山匪作亂。

山匪?!沒錯，那應該就是男主角了！「皇上打算派誰去平亂？」陸雲箏問道。

謝長風答道：「護國侯已經自請前去剿匪，朕允了。」

陸雲箏摸著下巴思索起來。九狐山離京城不遠不近，三面環水、山勢險峻、易守難攻，歷來都有山匪出沒，不過因為山上似乎能自給自足，是以山匪並不太猖獗。

一旦山匪頻繁襲擊過路行人或村落，朝廷就會派兵圍剿。至於兵力來源，若是京城有皇子或世家子弟為了軍功請纓上陣，那便直接從京城派兵，否則就是調動其他州的守備軍。

儘管如此，卻從未有堂堂一個侯爺去爭這份功勞，呂盛安稱是為了帶家中晚輩去練練兵，謝長風便從善如流地應了。

陸雲箏不禁說道：「無事獻殷勤，非奸即盜。」

第二十八章 同心協力

謝長風道：「朕前些日子查到呂家似乎跟山匪有聯繫。山匪這些年劫的大都是富戶和鏢局，因為從未傷人，所以事情都被當地官員按下去了，如今他們突然開始大肆劫財，甚至有百姓受傷，想必有所圖謀。」

陸雲箏心念一動，問道：「皇上可知山上人多嗎？」

「似乎不少，而且嚴防死守，不易查探。」謝長風用手指沾茶水在桌上畫了幾筆道：「九狐山是一座主峰連著八座小峰而成，互相簇擁成團，裡面可輕鬆容納萬人，因為地勢的緣故，想不動聲色上山並不容易。」

陸雲箏道：「那他們會不會這幾年都在山中私下屯兵鍊器？」

「十有八九，鄰近九狐山的那些縣城幾乎沒有閒人，更無流民，想來是被陸續帶上山，而且那附近的州縣，青壯年的比例過低了。」

原來如此，那就說得通了。男主角定然是早就被呂靜嫻給圈進魚塘，這些年都在九狐山暗中發展勢力，只等到合適的時機，再帶人揭竿而起。

她就說嘛，男主角在夢裡怎麼那麼厲害！「起義」時瞬間有無數人響應追隨，後來宗鶴鳴還帶著收攏的孔家軍投奔，好似他真是正義的一方。原本以為是男主角的光環，如今想來，或許只是呂家的算計罷了。

「呂盛安就這麼帶著人過去，會不會直接跟山匪合流，然後殺進京城啊？」

謝長風道：「若真如此，朕倒是放心了。」

陸雲箏點點頭，忽然想起一件事，問道：「各地發生地動，可有什麼流言傳開？」

「自然有，說是天降懲戒，龍脈有損，謝氏王朝氣數將盡。」

果然，想造反的人得先扯大旗，不是抬高自己的身分、打造天選之子的印象，就是貶低對方太作死，以致窮途末路、民心思反。

陸雲箏嘀咕道：「真是沒點新意。」

謝長風失笑，說道：「這倒是無意中幫了朕，原先朝中對徙民實邊一事爭議不斷，如今流言四起，大家擔心流民遭有心人煽動而造反，今日已經同意徙民實邊了。」

「那可真是太好了！不過，崔大人忙得過來嗎？他不是離京去北部推廣火炕了？」

「人手不夠可以借調，推廣火坑不是難事，朕已轉交工部接手，省得那老頭總跟朕哭訴。」

想到那個場景，陸雲箏不禁莞爾一笑。

此刻的長公主府邸中，孔戟淡淡說道：「臣久不露面，似乎不大好。」

謝敏一面撥動算珠，一面隨口應道：「近來朝中熱鬧得緊，將軍還是不要出去嚇唬人了，若是他們看到將軍，反悔同意徙民實邊這件事，豈非得不償失？」

孔戟笑道：「殿下這是關心臣？」

「本宮只是關心百姓罷了。」

「那殿下可否告知，皇上派誰主持徙民實邊？」

謝敏看他一眼道：「薛明成沒告訴你？」

孔戟長嘆一聲說道：「他被公主那一千兩黃金嚇到了，怕是不敢再進您的府邸。」

至於其他人嘛，有了薛明成這個前車之鑑，對長公主府邸簡直避之唯恐不及。

謝敏想了想，似乎確實有一段日子沒人來向孔戟通風報信了。

「徙民實邊由崔大人和譚大人主持，翰林院及其餘六部均抽調人手增援，御林軍也撥了不少人前往，同時各省各地官員及守備軍也須全力配合，有些已經啟程打算回京述職的官員們，又原路返回了。」

孔戟若有所思地說：「那京城豈不是空了許多？」

「有將軍在，京城再空又何妨？」

孔戟笑了。「臣謝殿下厚愛。」

謝敏咬了咬唇，轉過頭不再搭理他。這人當年明明是一副天山雪蓮的高冷模樣，如今再見，竟變得如此油嘴滑舌……看來得派人去邊關查一查，瞧瞧那裡到底是不是當真只有男兒！

與謝敏的焦慮不同，孔戟雙手枕在腦後，神情愜意放鬆。

不過幾日工夫，大部分的官員都陸續離京，京城的守備也少了大半。

謝長風難得偷了個閒，便窩在怡心宮，陪陸雲箏去她的菜園轉轉，還去豬圈探望。三頭母豬的肚子都很大，眼看就快生了，負責飼養的宮女與太監們照看得十分仔細，幾頭豬崽也長大了不少，瞧著結實得很。

陸雲箏光想到豬肉做的美食就流口水，而謝長風的目光卻總下意識地掃過公豬的後下方部位。

菜園裡陸續有了蔬果，有些是本地的蔬菜，但品質更好，有些是本地沒有的，大都獲得了謝長風的讚許。還沒成熟的果子當中，陸雲箏最期待的就是草莓，這也是她每天往菜園跑的動力。

蔬果種植任務差不多完成以後，終於生成了陸雲箏期盼的醬料任務。看著任務列表裡那一整排調味料作物，陸雲箏笑逐顏開，等她集齊五味調味料，還怕弄不出好吃的菜嗎？

謝長風問道：「何事如此高興？」

陸雲箏眨了眨眼說：「皇上還記得我提過的酸辣馬鈴薯絲嗎？很快就能吃到正宗的了！」

原來是為了一口吃食……謝長風失笑道：「那朕可要好好嚐一嚐。」

然而，等陸雲箏看清楚製醋的步驟後，就覺得自己的牛皮吹得太早了，也許等她種完甘蔗弄出了糖，醋還沒做成功。再看看醬油的製作過程，同樣十分繁複，且需要長時間發酵。

行吧，是她天真了。

不過陸雲箏對這些任務還是很積極，她自認搞不定，果斷抄下步驟，交給謝長風。

謝長風垂眼看了半晌，心下了然道：「朕命人去製。」

「大人，流民不願遷徙。」有下屬前來回報。

崔鴻白、譚懷魯與幾個大臣聽了，面色凝重。他們早知此事不易，特別在有心人鼓吹龍脈已毀、王朝將傾之後，流民們更是不願千里迢迢去邊關，唯恐成為國破後第一批刀下亡魂。

「謠言太多，流民大都無知，極易被煽動。」

「但遷徙一事勢在必行，若放任他們繼續流浪，遲早要成大禍。」

道理大家都懂，但任憑他們如何勸說，流民仍舊不願前往邊關，甚至因為他們態度太過謙和，使得謠言越演越烈，甚至還有人說皇上為了鞏固皇權，要拿流民當祭品，殺人祭天。

「此等荒謬的事怎會有人相信？還以訛傳訛，鬧得如此沸沸揚揚？」

「不如我們也弄出幾個神蹟，讓這些愚民們看看，誰才是真正的天選之子！」

「那就落了下乘。」

「依我說，直接帶走便是，何必與他們多言？等到了邊關，自然知道我等良苦用心。」

眾人絞盡腦汁，可方法似乎都不太合適。徙民實邊，非一朝一夕可成，也非幾批流民就能達成目標，得自全國各地召集眾人去邊關，若人們心懷怨氣，即便去了邊關，也會惹出禍端，憑白讓好事成了壞事。

「此事不宜再拖，一旦等到天寒地凍，遷徙將越發艱難。」

忽然間，崔鴻白想起陸雲箏提議用錢買奴隸帶回邊關的事，脫口道：「直接用錢買人頭吧。」

在場的人頓時一靜，齊齊看向崔鴻白。

崔鴻白道：「既然講不清道理，那何必多費唇舌？對一無所有的流民來說，銀子和糧食是最實在的東西。就按人頭算，只要願意去邊關落戶，贈糧贈銀，還有軍隊沿途護送、有大夫一路隨行。」

當下立即有人贊同道：「有道是『有錢能使鬼推磨』，鬼都愛財，莫說是流民了，此法甚好！」

「崔大人妙計！」

經過這麼一思量，大家都認為這確實是個好法子，給錢給糧還不去？那就等著挨餓受凍吧！

朝廷將施粥的糧拿來發給流民當作遷徙之用，那麼留下來的人就得好好想想，一旦糧食和銀兩都發完了，是不是就要斷了口糧？屆時又該何去何從？

唯有譚懷魯依舊冷靜地說：「口糧原本就該是我們準備，只是贈予他們的銀子從何而出？」

現場的氣氛再度冷了下來，寂靜無聲。

崔鴻白語重心長道：「他們去了邊關、落了戶籍，就是想踏實過日子，這麼一來總有人會買房買地，銀子不就能賺回來了？哪怕有牢牢守著銀子的，衣食住行這些日常開銷也要花錢，只要咱們多開些鋪子，總能再掙回來。」

眾人頓悟，紛紛誇崔鴻白好計謀，心裡卻想：不愧是執掌國庫多年的貔貅，這錢還沒撒出去呢，就想好了將來要怎麼撈回來。

譚懷魯問道：「就算只是墊付，所需銀兩亦是天數。」

有大臣看向崔鴻白問道：「崔大人，國庫銀兩不夠嗎？」

崔鴻白道：「自是不夠，皇上自登基以來，每年皆施行利民之舉，國庫未曾富餘。至於今年，光是救濟流民與賑災，這個把月以來，糧食和銀子就似流水般溜走了。」更別提還送了邊關一大批糧草，那都是錢啊！

「再者，徙民實邊開支甚大，銀子更得算著用。」
眾人暗道：那你還提出用錢買人頭的主意？
沒錢是個大問題，更何況缺的還不是一點點，大臣們便是想湊，也不敢開這個口。
良久後，有人說道：「皇上前些日子曾提過，製炭的事情交給曹國公，將來賣炭所得紅利，可抽取部分用於徙民實邊。」
大家看向他，默默不語。這位大人，您為何將皇上哄騙曹國公幹活兒的話記得如此清晰……
「那得先去催催曹國公才是，畢竟推廣火炕所花銀兩也是皇上用私庫墊的。」
曹國公對製炭這件事是上了心的，而那本書確實沒辜負他的信任，雖說還在摸索同時大量製炭的訣竅，不過已經初見成效。
儘管製炭的事情有進展，可曹國公沒想到這麼快就被人催債了，來催他的人還不是謝長風，而是這群本該忙著徙民實邊一事的大臣們。
曹國公道：「你們缺銀子，那就跟皇上去討啊，他應下的事，你們找我做什麼？」
有大臣回道：「您要先大量製出炭來，分了紅利給皇上，吾等才好開口吧，畢竟推廣火炕花的也是皇上的錢呢。」

曹國公有些無言地說：「老夫也想早日掙錢啊，再說皇上私庫豐盈著呢，不缺老夫這一星半點兒。」

這話可就超過了，若盈利真的只是一星半點兒，您曹國公能這麼任勞任怨，連徙民實邊這種大事都不攬和了？要知道，之前沿岸遷徙的差事，您可是撈了不少銀子回家！

曹國公看出眾人的不滿，默默翻了個白眼。有譚懷魯這隻老狐狸和崔鴻白這隻貔貅在，誰撈得了銀子？

許是仗著謝長風不會拿他怎麼樣，曹國公繼續出餿主意。「再說了，不還有貴妃娘娘嗎？她同長公主殿下弄出來的那間鋪子，可是日進斗金啊！徙民實邊是孔將軍上的摺子，皇上也希望這件事能成，你們只管去哭窮，皇上和貴妃娘娘不會不管的！」

「所以皇上這是被他們惦記上了錢袋子？」

「不是我，是我們。」看著幸災樂禍的某人，謝長風笑著坐過去道：「朕無心之言，倒被他們惦記上了。說來，崔大人能想出這法子，還是跟妳學的，於情於理，貴妃娘娘也不能袖手旁觀不是？」

陸雲箏笑道：「這法子確實不錯，秀才遇到兵素來說不清道理，還不如直接將利益擺在眼前，讓他們心甘情願去邊關，去了就知道那裡的好了。」
「所以他們理直氣壯來跟朕要錢了。」
陸雲箏又想笑了，那畫面怎麼想都是滿滿的喜感。
笑過之後，她才說道：「出銀子可以啊，那邊關幾座新城的規劃就得按我的設計圖來，所有房屋與商鋪的地契都得歸我。」
謝長風笑道：「這是自然。」
轉頭謝長風對一眾大臣們道：「既然要朕出銀子，那麼邊關新城所有田地、土地與屋宅，就都歸朕私有了。」
譚懷魯和崔鴻白對視一眼，暗道果然白來的銀子都燙手。
雖說普天之下莫非王土，但往年土地所得大都歸入國庫，少數才會入皇帝的私庫，畢竟取之於民就要用之於民，一旦進了皇帝的私庫，那就不好說了。
「只是地契歸朕所有罷了，該繳納的都會上繳，朕若想買賣租賃，也得經過牙人，該抽的稅還是要抽。」
大臣們湊在一起商量了一下，覺得這樣倒也行，就當是皇上提前花銀子買了地契，回頭再賣給百姓，那銀子就回來了，與崔鴻白之前的盤算不謀而合。

等到眾人意見一致，謝長風才慢悠悠地敲了敲桌面說：「這是新城的規劃圖紙，諸位就按照這上面擬的去造吧。」

譚懷魯和崔鴻白眉心一跳，頓時生出一股不妙的預感，等到圖紙徐徐展開，果然應證了他們的不安。

倒不是說新城設計得不好，而是規劃得太好了，哪怕不過是張紙，都能想像出若是建成，該是何等恢弘大氣。

只不過，這是要在邊關建新城，並不是遷都，而且這麼大的城，不是一座，而是一連四、五座，這也太浪費了！

「邊關諸城一旦強大起來，敵人若是想再進犯，也得掂量掂量。」謝長風意味深長道：「徙民實邊，意義重大。」

崔鴻白腦子轉了轉，問道：「皇上這是……想要以商止戰？」

見到謝長風頷首，眾臣皆驚。

起初大家看到孔戟上的摺子，都以為他是想乘機壯大己身，而謝長風要藉助孔戟之勢，所以全力促成；到了後來，大夥兒漸漸改變了想法，覺得將流民安置到邊關，確實是件利國利民的好事。

然而，直到看見面前的圖紙，以及謝長風提出的條件，眾人這才驚覺，這位年輕的天子竟然想得那麼遠，他不只要邊關短暫太平，而是想要一勞永逸！

若是在過去，在場的人可能都會覺得這皇帝怕不是個異想天開的傻子，但回想最近這段日子以來的種種，他們突然覺得，此事說不定能成。

過了許久，譚懷魯和崔鴻白同時躬身道：「臣等誓不辱命。」

謝長風點點頭道：「有勞諸位了。」

直到出了宮門，大家才回過味來。若邊關新城按照這圖紙建成，怕是數十年乃至百年都不必再往外擴，到時皇上手中那些地契與房屋，可真是值錢得很啊！

唉，罷了罷了，誰讓大家手上的銀子沒有皇上多呢？

一箱箱銀子從皇宮的庫房搬出去，連先帝留下來的內帑也被帶走，短暫返京的大臣們很快又離開了，身後拖著長長一串、一眼望不到邊的運銀車，聲勢浩蕩。

這一回，每個人皆帶著幾分勢不可擋的威風，這是數額龐大的金銀帶來的自信。

謝長風搖頭道：「朕這回當真是一貧如洗了。」

陸雲箏笑道：「我養您。」

「謝貴妃娘娘恩典！」

陸雲箏眉開眼笑道：「我掐指一算，皇上還得再窮幾年才行。」

畢竟，除了徙民實邊這件事，還有建橋鋪路此類大工程，而且徙民實邊不只是遷徙流民，各州各縣的孤寡老人、乞兒與奴隸們一樣會去邊關新城，這些人都需要安置，所需花費之大自然不在話下。

話雖如此，新城百廢待興，能做的活兒太多，不論男女老少，只要勤懇耐勞，都能找到掙錢的法子，何況還有朝廷從中安排調和。長遠來說，這些投資最後都能回到身上，對彼此也有益。

至於擔心人太多會出亂子？怕不是沒聽過孔家軍的威名吧。

第二十九章　起兵造反

「皇上怎麼就讓他們一次把銀子都搬走了呢？萬一路上被人劫了怎麼辦？」謝敏說著，又默默估算了一下銀兩數目，頓時更憂心了。

孔戟道：「帶隊的是譚大人和崔大人，不會有事的。」

「他們都是治國的文臣，哪裡懂搶劫打仗的事？」謝敏著實心疼自家皇弟的錢，難得對孔戟有了好臉色。「你是不是有安排了？」

「想知道？」

謝敏看他一眼，點了點頭。

孔戟笑道：「殿下喚臣一聲，臣就告訴您。」

「孔戟！你可還欠著本宮一千一百兩黃金！」

孔戟舉手討饒。「臣被殿下困在府邸，能有什麼安排？不過，既然有譚大人和崔大人聯手辦事，就不必太過擔心。」

聽到這話，謝敏就放心了，她不再看孔戟，轉身又打起了算盤。她得送點銀子去宮裡，既然謝長風的私庫被搬空，那麼陸雲箏手邊的銀子應當也不剩了。

邊關，鄭衍忠接過聖旨，打開一併送來的圖紙，只看了一眼，就忍不住要罵娘。

「這是把我們當匠人使喚了啊？規模這麼大，怎麼建？」

莫啟恩說道：「別急，工部很快就會送人過來，屆時配合工部行事就好。」

鄭衍忠瞪眼道：「憑什麼是老子配合他們？」

莫啟恩暗暗扯了他一把，鄭衍忠才不情不願地說道：「那等他們來了再說。」

送旨的官員擦了擦腦門的汗，暗暗鬆了口氣。

等人離開了，莫啟恩就自袖子裡取出兩封密函道：「這是皇上和將軍的密旨，咱們配合工部圈地建城，賣玻璃掙的銀子也要拿出來。」

鄭衍忠馬上發飆道：「憑什麼？不行！」

片刻後，他像是想到什麼，又炸了。「為何密函都是送到你手上？」

「因為知道你會是這個反應。」莫啟恩幽幽嘆了口氣，不明白自己明明只是個糧草官，為什麼要操將軍的心。「徙民實邊是利國利民的大事，對我們也大有裨益。」

「那也不至於出人又出錢吧！」

也難怪鄭衍忠不願意，任誰窮了個十來年後終於有了錢，可銀子都還沒摸熱呢，又得撒出去，多少都會心疼。

莫啟恩苦口婆心地勸道：「只要有玻璃，銀子遲早能再掙回來。」

這倒是實話，鄭衍忠立刻說道：「那價格再漲三成吧。」

莫啟恩無奈地答道：「你高興就好。」

不過，鄭衍忠又想到了某件事。「朝廷來了人，若是發現咱們製造玻璃往鄰國賣，不會又要參咱們一個通敵叛國之罪吧？」

「你終於想到了。」莫啟恩手一攤道：「所以我們要把賺的銀子拿出來建城，將來他們才不好參我們啊。」

原來如此！

鄭衍忠點頭道：「我明日就去安排。」

有了銀子，官員們的行事作風變得簡單粗暴，再也不苦口婆心相勸，而是直接將那一箱箱真金白銀與一車車乾糧拉到城門口，只要願意遷徙去邊關，就能領錢領糧。

這一路上不必擔心會有人搶劫，因為有官兵護送，但凡有手腳不乾淨的，一律按律處置。若是生病也不用操心，幾位大夫會安插在隊伍中，一有不適便會立即照護。

等到了邊關，馬上就能落戶，想用手中的銀子買房買地都行，若是不願意花錢，那麼自己墾荒也可以。此外，新城各種活兒多，需要大量人手，就算是孤寡老人和孩子，只要做些力所能及的工作，都有酬勞。

總而言之，只要手腳勤快，不怕找不到活兒幹，填飽肚子不是難事，不至於像現在這樣，吃了上頓盼著下頓，時刻擔心朝廷突然中止布施。

餅畫得再大，不如一個饅頭來得實在，如今真金白銀擺在眼前，很快就有人忍不住上前詢問，聽了官員們耐心的解答後，立刻簽字畫押，領了銀子和乾糧，走到旁邊畫出來的圈子裡等著，那邊停了不少馬車，是供大家趕路時輪流休息用的。

有了第一個人，很快就有第二個、第三個，等到大家發現當真可以領錢領糧，幾乎都按捺不住了，哪怕有人在旁邊說風涼話，像是「誰知這是真是假」、「萬一乾糧吃完了，就要大家花銀子去買」之類的，也阻擋不了這些人的熱情。不管以後如何，至少當前這些銀子和乾糧是看得見、摸得著的！

等湊到了一定的人數，官員們隨即安排官兵護送他們啟程。沿途各州縣都設置了休息的地方，大夥兒白日趕路，晚上一起擠著睡覺，路上還有人解說朝廷在邊關建新城的目的，聽得多了，眾人便陸陸續續對未來生出些許期盼來。

皇上捨下那麼多銀兩和糧食，官員、官兵與大夫們費心勞力，總不是為了騙大家去邊關赴死的。

於是，遷徙的隊伍越來越多，徙民實邊就這樣浩浩蕩蕩地開始了。

後世對此評價相當高，大眾普遍認為，正是從這一年冬天的大遷徙開始，謝氏王朝拉開了盛世的帷幕。

當參與徙民實邊就會送錢送糧的消息傳開之後，很快就蓋過了之前多處地動帶來的恐慌，百姓哪裡還有心思操心龍脈的事，都在琢磨這消息到底是真是假、每個人能拿到多少，有些家裡揭不開鍋的都起了心思，想要打聽一下。

如此一來，呂盛安一黨真是被氣得夠嗆，好不容易等到了合適的時機，費盡心力又費錢地搞出這麼大陣仗，四處散布流言造勢，眼看已經有點效果了，結果謝長風突然來這麼一手，生生把火給撲滅了。

此刻，與呂家站在同一邊的大臣們正在爭論。

「侯爺，那麼大一筆銀子，若是能到手，對我們是一大助力啊。」

「大業要緊，銀子不會跑的，等拿下京城，再去搶來也不遲。」
「一旦侯爺登上大統，只能行封賞大赦之事，如何再去伸手拿銀子？」
「是啊，大業若成，侯爺要忙的事多如繁星，怕是難騰出手來做旁的事。」
「你怎知這不是陷阱？」
「徙民實邊是皇上和孔戟促成的，想趕在寒冬前將人遷到邊關，否則也不會急切地搬空私庫去辦此事。」
「不如……我們兵分兩路？」
「不可！」
「為何不可？京城如今已經空了大半，守備薄弱，咱們出其不意攻進去，未必要太多人馬。」
「你忘了還有孔戟在？」
「他已是殘廢之軀，又能如何？更何況，侯爺已經探明孔家軍都在邊關按兵未動，即便到時他發現情況不對，也來不及了。」
「大業成敗在此一舉，不容許任何閃失。」
見眾人爭執不休，呂盛安只是沈吟不語，半晌後，他看向一直安靜坐在一旁的年輕人。

湛鎮川挺直著脊梁，任由呂盛安打量。他生了一副好樣貌，劍眉星眼、高大俊朗，若非他父親十年前捲入長臨觀一事，他本應是官宦子弟，而不是淪落為一介山匪——便是這山匪，也得多虧呂盛安當年私下將他掉包救出來，否則他怕是沒得做。

呂盛安問道：「鎮川以為如何？」

「兵分兩路之舉不妥。」湛鎮川道：「眼下京城的守備軍固然不多，但孔戟始終是個大患，他回京時那般高調，後來卻像是消聲匿跡一般，甘心被困於長公主府邸，這不是他的行事作風。」

「大理寺和刑部此番動了真格，我們至今無法得知宗鶴鳴和景旭然的供詞為何，還是穩妥些好。大業不容有失，一旦成功，銀子遲早會有。」

有人反駁道：「有什麼？私庫已經被搬空，我看國庫也差不多了！」

湛鎮川眼尾餘光掃了過去，淡淡道：「大人，您跟著侯爺，就只是為了那點黃白之物？」

那人頓時語塞，扭頭不語。

呂盛安其實對那筆銀子也很心動。這些年為了招兵買馬、培養死士，他也是捉襟見肘，但聽了湛鎮川這番話，覺得也有道理。只要能成事，遲早會有銀子，若實在不行，殺幾個大戶抄家便是了！

如此一想，呂盛安定了心，道：「依照原計劃行事，以全部兵力朝京城進攻。」

「咱們帶了這麼多銀子上路，居然沒人來劫？」

譚懷魯沒應聲，他知道崔鴻白的意思，但不願搭理。

崔鴻白撫了撫長鬚道：「如今看來，皇上其實也挺好的。」

譚懷魯斜他一眼道：「你靠玻璃掙了不少吧？」

崔鴻白哈哈大笑，調侃道：「皇上不是給了你水泥的方子？等東西弄出來，定然也是掙錢的買賣。」

譚懷魯道：「都是身外之物罷了，老夫又不似你這般在意這些。」

「那你為何悶悶不樂？」

「明知故問！」

崔鴻白收了笑，說道：「呂家早晚會走這一遭，早來總比遲到的好。」

「為了一己私慾，不惜置百姓於水深火熱之中，當真是可恨之極！」

「倒也未必會禍及百姓。」崔鴻白道：「他手中兵馬不多，大概會趁著城中空虛乘機而入，錯過這次機會，再來不知是何年何月。」

譚懷魯長嘆一聲道：「如今只望皇上和孔將軍有雷霆手段。」

「你我不過是一介文臣，與其操心這個，倒不如辦好徙民實邊的事，若是有幸，或許能在有生之年見證一個盛世之始。」

「確是如此。」

得知遷徙一事進展順利，陸雲箏心情大好，日日守著草莓，看它們一日紅過一日。

這一天，陸北玄帶來了好消息，他不僅製出了青黴素，還小範圍試驗過了，藥效顯著。

謝長風雖然不懂醫術，卻從陸北玄口中明白了這東西的珍貴之處，見他成功製出，龍顏大悅，賞了不少他奇珍異寶。

看到陸北玄有些懵的模樣，陸雲箏失笑，也跟著賞了些銀兩，這銀兩還是長公主昨日派人送進來的，都還沒捂熱呢！

只不過，這件大喜事暫時被謝長風按下來了。「還不到公開的時候，你近日辛苦些，多製點藥出來，以備不時之需。」

陸北玄躬身應了。

等人退下，陸雲箏不由得問道：「呂家當真要反了？」

謝長風也不瞞她，只道：「朕幾乎調空了京城的人手，他若還不反，那以後也沒機會反了。」

如今一切都跟夢裡不一樣，這次謝長風和孔戟布局請君入甕，呂家的謀反大計定然不會得逞。

至於那男主角，沒了呂家替他打前鋒，沒了宗鶴鳴帶領的孔家軍前來相助，沒了大批的糧草作為後盾，他若還能推翻謝長風，那陸雲箏也無話可說了。

「殿下不如進宮小住幾日？」

謝敏抬起頭，盯著孔戟看了一會兒，才道：「你要走了？」

原本孔戟有很多話想說，但對上長公主的目光，最終只淡淡應了一聲。「嗯。」

謝敏點了點頭道：「那你去吧。」

「殿下呢？」

「本宮自然是要待在府邸。」

孔戟道：「還是進宮吧，臣怕顧不上殿下。」

謝敏傲然道：「本宮這裡雖說不是銅牆鐵壁，可等閒之人想進來也不容易。」

孔戟笑了，說道：「薛明成這兩日來了幾回，殿下可知道？」

聞言，謝敏撇過頭，不搭理他了。

孔戟走到她身前，語氣難得認真地說：「去宮裡陪貴妃娘娘幾日，可好？」

謝敏抿著唇，不言不語。

「待此間事了，臣隨殿下處置。」

「當真？」

孔戟頷首道：「當真。」

謝敏抬了抬下巴道：「算算日子，本宮也好久沒見貴妃了，進宮去看看也好。」

孔戟忍不住輕笑了一聲。至於長公主，當日便進了宮。

陸雲箏淺笑道：「這兩日我正念著姊姊呢，姊姊就來了。」

謝敏也笑了，問道：「可是有什麼好事想到我了？」

「我這邊種的果子又熟了一些，想邀姊姊來嚐嚐，不如姊姊這幾日就在宮裡住下吧？」

謝敏自是一口應下。「左右也無事，便陪陪妳吧。」

就在長公主進宮的第二天夜裡，呂盛安帶著大隊人馬悄無聲息回了京城，南門的守門將士開了城門，迎接他們入內。

「其他人呢？」

「請侯爺放心，他們都被末將迷暈了，一時半刻醒不過來。」

呂盛安頷首，策馬直奔皇宮。

這一夜，城中百姓可說是心驚膽顫，幾乎一宿沒睡。屋外馬蹄聲不絕，到了後半夜，還隱約能聽見打打殺殺的嘶喊聲，有那膽大的，爬到屋頂偷偷瞧了瞧，只見一串串火把連成了一條火龍，往皇宮的方向燒去。

呂盛安帶回來的人都穿著御林軍的盔甲，但其實裡面已經換了芯，都是呂家這些年在九狐山上偷偷練出來的兵，平日沒少幹些搶劫富戶的事。

長公主的府邸距離皇宮只有一條街的距離，早早被人圍住了，等到破開大門，眾士兵一擁而入，才發現偌大的府邸竟沒幾個人影，領頭的人察覺不對，高聲呼喝。「快退！」

可惜一切已經遲了，箭雨自屋頂上落下，瞬間將他們射成了蜂窩，過了一陣子，才有大量護衛從廊下跑出來，解決掉半殘的叛軍。莫說是孔戟和長公主，他們就連丫鬟與下人的模樣都沒能瞧個仔細。

領頭那人瞪圓了眼，不甘心地倒臥在地，心想此番大業怕是不能成了……

除了長公主府，曹國公的府邸也被團團圍住，畢竟調動御林軍的另一塊虎符就在曹國公手裡，呂盛安不可能輕易放過。

曹國公近日都在京郊忙著製炭的事，他的府邸雖然也有護衛，但遠不是這些叛軍的對手，府邸很快就被攻破。叛軍沒有找到曹國公，連殺了十餘人，卻仍問不出虎符的下落，只得自己去搜。

等到曹國公得知消息帶人趕了過來，國公府已是血流遍地，死傷大半了。

宗鶴鳴和景旭然被關在大理寺的監牢裡，已許久未見到外人了。

剛被關進來的時候，還被提出去審訊過，但最近十來日幾乎沒人搭理他們，彷彿被遺忘了一般。

雖然沒遭到任何嚴刑逼供，但長時間被困在昏暗的地方，對心理也會造成壓力，景旭然比之剛下獄的時候消瘦了許多，而且精神萎靡，再無半分翰林清貴的風采。

宗鶴鳴是習武之人，又是孔家軍出身，倒是不在乎這裡的環境，只是日子拖得越久，他內心越不安。雖然他不知道呂家具體的謀劃為何，但既然敢對孔戟下手，所圖定然不小。不過這裡的看守太過嚴密，他又受了內傷，一時半刻尋不到合適的機會逃出去。

正胡思亂想間，突然察覺外面有動靜，宗鶴鳴豎起耳朵，聽見有人匆匆進來，隨後看守的侍衛們也匆匆跑遠，似乎一個都沒留下。

宗鶴鳴沒工夫細想到底發生了什麼事，只覺得機會來了。然而，他還沒打開門鎖，就聽見外頭傳來一陣腳步聲，有人喊道：「宗鶴鳴、景旭然在不在？」

宗鶴鳴激動地回道：「在，在最裡面這裡！」

原本昏沈沈的景旭然也被驚醒了，叫道：「我也在，我也在！」

不久後，兩人被救了出去，其他犯人見狀，也跟著求救，卻被無視了。

看到來人穿的是御林軍的盔甲，脖子上卻繫了一條紅綢，宗鶴鳴微微瞇了瞇眼，腦中浮現出大膽的猜測。

景旭然腦子有些混沌，一時之間沒反應過來，猶自問道：「怎麼是你們？發生什麼事了嗎？」

「侯爺讓我們來救你們走，快點跟上！」

宗鶴鳴一把扯住身邊的人道：「趕緊告訴侯爺，孔戟沒受傷！」

第三十章　潰不成軍

呂盛安親自率領大部分叛軍殺進了皇宮，只見宮裡的防衛果然鬆懈不少。「鎮川，嫻兒就交給你了。」

湛鎮川應下，帶著小隊人馬換了方向，直奔鳳儀宮。

這會兒是夜裡，謝長風十有八九在怡心宮，但呂盛安仍舊去了議政殿，不為別的，只為玉璽平常就放在議政殿，先拿到玉璽再去抓人也不遲。

議政殿黑漆漆的，連個守夜的太監都沒有，呂盛安揮了揮手，讓人撞開門。

很快的，議政殿燈火通明，呂盛安看著書桌上那個熟悉的擺件，一顆心跳得厲害，他用力捏了捏自己的掌心，大步走過去，伸手拿走玉璽，抱在懷裡。

「去怡心宮！」

怡心宮外守著大量護衛，呂盛安的人馬剛靠近，迎面就是一陣箭雨襲來，眾人急急後退。

呂盛安露出猙獰的笑意道：「難怪一路攻來如此容易，原來是等在這裡。給我殺！

只要拿下謝長風的人頭，我就是皇帝，在場人人都有重賞！」

一時之間，殺聲震天。

「娘娘！不好了，有人打進宮裡來了！」

宮女慌亂地從外面跑進來，卻發現本該就寢的皇后娘娘竟然一身盛裝地坐在桌前，好似在等待著什麼。

「娘娘？」

呂靜嫻放下手中的茶盞，慢悠悠道：「來了？」

宮女覺得情況不對，剛轉頭要往後看，後背突然傳來一陣劇痛，她被一刀砍倒，痛得發不了聲，耳邊還聽到一個聲音說道：「妳驚到小姐了。」

話音剛落，宮女隨即被人捂住嘴巴，像布袋一樣拖了出去，沒多久就嚥了氣。

呂靜嫻彷彿沒看到眼前這一切，她只是站起身，看著一步一步朝自己走來的湛鎮川。

「你來了。」

「屬下來了。」湛鎮川上前握住呂靜嫻的手道：「來得遲了些，讓小姐受苦了。」

呂靜嫻微笑道：「只要你能來，多晚都不遲。」

湛鎮川也笑了起來，說道：「侯爺親自去拿謝長風了，我們先離京吧。」

呂靜嫻有些不解地問道：「為何要走？」

「為防萬一，小姐先隨屬下離京，待侯爺坐穩寶座、塵埃落定後，再迎小姐回京。」湛鎮川道：「不只是小姐，夫人跟少爺也都離京了。」

呂靜嫻搖搖頭道：「我要親眼看到他們從天堂跌落地獄！」

湛鎮川知道她指的是誰，溫聲勸道：「眼下正亂著，小姐若是貿然過去，恐會惹侯爺分心，更何況孔戟還未找到，隨他入京的孔家軍也不見蹤影，還是小心為上。」

呂靜嫻微微蹙起了眉，似乎仍不想就這麼離開。

「小姐，咱們許久未見，屬下有許多話想同小姐說說。」

呂靜嫻展顏一笑道：「我也有很多話想同你說。也罷，我們先離京，日後再回來。」

湛鎮川這才滿意地說：「屬下會帶小姐走一條特別的路，旁人都不知道。」

呂靜嫻任由湛鎮川牽著，心甘情願地跟著他走。

謝長風，是你對不起我在先，那就別怪我不講夫妻情分！

呂靜嫻沒想到湛鎮川帶她走的是一條地道，而這條地道就在她住了兩年多的鳳儀宮裡。

像是知道呂靜嫻心中的想法，湛鎮川輕聲道：「前朝的皇帝當年修葺這宮殿時命人修了暗道，只是知情的人都被滅口了。屬下也是偶然間得知的，提前來探過幾次路。」

呂靜嫻想起了什麼，突然道：「去年我生辰那日，你也來了是不是？」

湛鎮川輕輕笑了一聲道：「嗯，本想給小姐一個驚喜，但見小姐當時似乎挺開心的，屬下便離開了。」

「哪裡開心？不過是強顏歡笑罷了，總不能連過生辰都哭喪著臉吧。」

湛鎮川停住腳步，轉過身對著呂靜嫻道：「往後的每個生辰，屬下都陪小姐過，可好？」

呂靜嫻道：「你可不能食言。」

「君子一言九鼎。」

這條地道很長，但還算寬敞，不知走了多久，呂靜嫻腿都有點痠軟了，才聽到拉著她走的湛鎮川道：「到了。」

走出地道，只見四周是一片荒山野嶺，出口旁邊停著一輛馬車，不遠處還有不少人守著。

湛鎮川將呂靜嫻送到馬車上休息，這才走到一邊問道：「可有消息？」

「並無。」

湛鎮川皺了眉頭問道：「什麼都沒？」

見眾人皆搖頭，湛鎮川轉而朝京城的方向望去。若是成事，呂盛安會命人放煙花示意，屆時城外這些剩餘的人馬會進城，接過守城門的任務。

湛鎮川暗暗算了下時辰，隨呂盛安打進皇宮後，他就去接呂靜嫻過來，就算在地道裡走了一段時間，也不至於過去太久。會是被孔戟拖住了手腳嗎？畢竟雖然他身受重傷，但有他在謝長風身邊，總會有些部署才是……

「寨主，我們剛剛救下了宗鶴鳴，他說孔戟沒受傷！」

聽到下屬來報，湛鎮川心頭一沈。

「寨主，攻打長公主府邸的人全軍覆沒，至今未見到孔戟和長公主的身影！」

「侯爺知不知道？」

「已經有人進宮去稟報侯爺了！」

此時又有人急速奔來說道：「寨主，不好了！城門將士換了人，剛剛關了城門！」

湛鎮川問道：「夫人跟少爺他們呢？」方才他是怕呂靜嫻不肯離開才騙她的，事實上攻城當時呂家人並未出門。

那人搖了搖頭。

湛鎮川用力閉了閉眼，吩咐道：「命令城外所有弟兄立刻集合，我們回九狐山！」

呂靜嫻聽到動靜，從馬車裡探出頭來道：「怎麼了？」

湛鎮川走過去輕聲哄道：「侯爺剛派人傳話來，讓屬下先送小姐回九狐山，待他穩定了局面，再接小姐回來。」

呂靜嫻沈默了片刻，問道：「爹爹他，是不是出事了？」

當孔戟持著長槍出現在怡心宮外時，呂盛安好似被人兜頭澆下一盆冷水，孔戟是否傷殘，代表的意義迥然不同。

這時候，偏偏還有人大喊道：「孔戟……是孔戟！他沒受傷！」

此話一出，哪怕是早已殺紅了眼的叛軍都下意識地往後退。孔戟征戰沙場多年，凶名早已遠播，沒人想跟他作對。

呂盛安用力握緊了拳頭，指甲戳破掌心也不自知，他怒吼道：「孔家軍遠在邊關，這裡只有一個孔戟，殺了他，你們就是將軍！」

話音剛落，還不等叛軍們有什麼反應，薛明成就大聲嘲笑道：「你倒是不怕風大閃了舌頭。誰說孔家軍遠在邊關？回頭瞧瞧吧，皇宮早已經被包圍，你們逃不掉了！」

薛明成一揮手，怡心宮屋頂上就冒出許多人影，人人手中舉著點了火的弓箭，一眼望去，著實明亮得令人心慌。

呂盛安此番帶來的人馬不少，哪怕進京後分散了幾波去各處，這會兒還是有一定的數量，烏壓壓占滿了小半個皇宮，然而在皇宮這種地方，並非人越多越好，相反的，像這樣聚在一起，反而更容易被射殺。

薛明成喊道：「現在投降還來得及，皇上仁慈，繳槍不殺！」

到了這個時候，呂盛安豈會甘心，他怒道：「給我衝！」

兩邊人馬頓時起了衝突，可叛軍們早就沒了先前一夫當關的氣勢了。

怡心宮內，謝長風立在廊下，遠遠望著殿門外的方向，煜太妃和長公主待在屋內，饒是素來鎮定的她們，表情也有幾分忐忑。

陸雲箏倒是不太緊張，因為系統正在時事播報戰況，呂盛安帶回來的叛軍，情況不大妙。

孔戟此番回京，表面上只帶了幾百人，後來還都被安置在京郊，但暗地其實跟了幾千人馬過來，這些日子已陸續混進了京城。

別看只有幾千人馬，這些都是在戰場上受過磨練的，呂盛安偷偷摸摸在九狐山上訓練出來的叛兵完全不能與他們相比，不說以一擋十，至少一個擋下五個問題不大，他們甚至早已領著城內原本的守備軍，牢牢看住了京城的大門。

京外的曹國公得到消息，正帶人往京城趕，而城中各個官員府邸裡也養了不少護衛，到了這種緊要關頭，都被派出來絞殺京城中的叛軍。

自從見到孔戟，呂盛安就慌亂得厲害，眼見這麼多人攻不下一個怡心宮，他的內心越發焦躁不安。按照他的計算，這會兒早該抓住謝長風，等滅了國公府，就能徹底控制住御林軍，挾天子以令諸侯。

呂盛安的眼睛越來越紅，心跳也越來越快，抱在懷裡的玉璽似乎變得沈重滾燙起來。

突然間，夜空中飛出一支響箭，隨後又響了六支，薛明成哈哈大笑道：「呂盛安！這京城，你怕是插翅也飛出不去了！」

「你胡說！」

薛明成對叛軍喊道：「你們還要跟著他嗎？城門已經沒了你們的人，若是再執迷不悟，殺無赦！」

呂盛安狂笑道：「你以為嚇得了他們？要不是我，他們早就死了！皇帝昏庸、朝臣奸佞，這些年不知有多少百姓枉死！縱然你殺了我們又如何？外面多得是人等著打進京城！」

言罷，呂盛安指著怡心宮道：「你們還指望裡頭那昏君饒命嗎?!」

原本意志消沈的叛軍們齊齊怒吼道：「不！」

薛明成的雙眸瞇了瞇，倒是孔戟，從頭至尾一言不發，狹長的眼眸透出清冷的光芒。

「他們不怕死，你也不怕嗎？看看你那抱著玉璽的手吧。」薛明成冷笑道。

呂盛安心頭一驚，連忙低頭去看，發現自己的手掌不知何時已是一片烏青——這玉璽上面竟然抹了毒！

「他會投降的，他謀反，是為了當皇帝，不是為了讓別人當皇帝，哪怕那個人是他兒子都不行。」謝長風淡淡道：「否則他又怎會中毒？」

陸雲箏嘖嘖兩聲，輕嘆口氣。呂盛安進入京城後，見京城守備空虛，就將身邊得力幹將分配到不同的地方去，連男主角湛鎮川也被他打發去接呂靜嫻了。

雖然湛鎮川可能是自願的，但呂盛安確實是司馬昭之心，還沒坐上皇位呢，就迫不及待地趕人了。若是讓湛鎮川跟著，指不定在男主角的光環籠罩下，還能逃出生天呢。從系統那邊得知湛鎮川和呂靜嫻已逃離京城，陸雲箏想了又想，終究還是沒開口告訴謝長風。窮寇莫追，更何況是男、女主角，陸雲箏很怕莫名其妙折了人進去。

來日方長，只要國力在謝長風統治下日益強盛，讓湛鎮川成為光桿司令，他就掀不起大風浪，左右不過讓呂靜嫻多活幾年，對她來說，窩在九狐山，可能比殺了她還難受。

哦，對了，宗鶴鳴和景旭然也逃走了，這三條大魚即將相見，不知呂靜嫻能不能穩住他們？

天剛矇矇亮的時候，曹國公終於帶兵趕到，看到城門上的將領還是熟悉的人，他提了大半宿的心算是放下了些許，然而，還不等他鬆口氣，就有人告知。「國公大人，您快回府去瞧瞧吧，昨夜叛軍圍攻了國公府。」

曹國公的身子晃了晃，強撐著精神回到府邸，遠遠就聽見裡面的號哭聲，等進了大門，得知自家人被殺了大半，當即吐出一口血，幾欲暈厥。

隨他一同回來的嫡長子流著淚扶住他道：「爹，大仇未報，您可不能倒下！」

曹國公嚥下血淚，沙啞著嗓子咬牙切齒道：「隨我進宮護駕！」

等他們到了皇宮附近，就見到處是倒下的屍體，曹國公順著屍體往裡衝，一路趕到怡心宮附近，見那裡已有不少大臣，旁邊還綁了一大票俘虜，正陸續被人押解出去。

曹國公紅著眼睛要去找呂盛安，卻被謝長風叫住了。「呂盛安中毒昏迷，已經收押了。」

「皇上……臣的家人死得好慘啊！」

曹國公囂張了大半輩子，何曾想過會栽這麼大的一個跟頭。他知道呂盛安起了反心，一直派人死死盯著呂家府邸，可誰能想到呂盛安竟不顧家人，就這樣帶兵反了！

謝長風上前托住曹國公，輕聲道：「國公節哀。」

曹國公仍舊跪了下去，沈痛道：「臣……救駕來遲！」

「不怪國公，誰也想不到呂盛安竟膽大至此。」謝長風勸道：「國公要保重身體，太后今早病倒了，國公府還得依靠國公。」

曹國公這才顫巍巍地起了身。太后娘娘身子本就不算硬朗，家門遭逢不幸，她病倒也在意料之中，只能慶幸呂盛安沒派人去仁壽宮，否則後果不堪設想。

也是到了這會兒，曹國公才看到站在謝長風身後不遠處的孔戟，只見他一身戎裝，染了半身血跡，可以想見昨晚戰事的慘烈。

下一刻，曹國公猛地回過神——孔戟沒事?!

不只是曹國公，其他大臣們早就發現了，但誰都沒多嘴，只當自己眼瞎心盲。眼下還有大把善後工作，何必趕著觸霉頭，沒見孔戟又多了一個天大的功勞嗎？

宮裡出了這麼大的動靜，仁壽宮自然能得到消息，太后本就擔心受怕，而曹玥清在後半夜得知曹家的慘狀，靜靜呆坐片刻後，便哭著跑到太后跟前，裝作六神無主的模樣說出這件事，太后哪裡聽得了這些，當場暈了過去。

曹玥清守在榻前，看著昔日高高在上的太后，如今面色慘白地躺在那裡，心中有股說不出的暢快。煜太妃說得對，活著，有時候比死更難過。

太后依仗的無非就是曹氏，當曹國公府遭屠戮大半，她還能像以往一樣威風嗎？只可惜曹國公和他那嫡長子在宮外忙著製炭，逃過了一劫。

煜太妃一夜未合眼，等到天亮時分，仁壽宮傳來太后暈倒的消息，她才滿意地勾了勾唇角，恰逢陸雲箏過來勸說，她示意宮女退下後，說道：「好好好，母妃先去歇著，妳自個兒也休息一下。」

陸雲箏應了，親自送煜太妃歇下，這才回到殿前。

謝敏熬了一整晚，這會兒卻精神得很，說道：「還好我入宮來了，不然這會兒怕是遇了難。」

「姊姊可別說這樣的話，有舅舅在，怎麼都會護著姊姊的。」

提及孔戟，謝敏撇過頭說：「要不是他，呂盛安也不會圍我的府邸，我還沒讓他賠呢！」

門外，孔戟腳步一頓，轉身又走遠了。

屋裡的兩人全然不知外面的情形，陸雲箏道：「姊姊還是在我這裡繼續住幾日吧，等事情都過了，再回去也不遲。」

「也好，我那府邸許是不能住了。」

一想到那裡面坑殺了多少叛軍，陸雲箏就覺得換成她自己，確實也不敢再住進去了。

此時謝敏忽然有點不甘心地說：「不行，還是要他賠！」

另一邊，見孔戟離開不久後又回來，謝長風不由得問了一句。「怎麼了？」

孔戟道：「待此間事了，怕是要求皇上賜一座府邸。」

謝長風也不知想到了什麼，含笑應了。「好。」

第三十一章　新仇舊恨

呂靜嫻終究含淚跟著湛鎮川離開了京城，她也沒想到自己的爹爹竟未提前安置好家人，就這麼反了。

湛鎮川道：「原本的計劃是藉著剿匪之名，將我們的人替入御林軍帶回京，伺機混入各處，再尋合適的時機謀事。可侯爺聽聞朝中忙著徙民實邊，京城守備空了大半，便想殺個措手不及。」

呂靜嫻哽咽道：「這想法沒錯，只是沒料到孔戟竟然無事！」

湛鎮川嘆了一聲道：「確是如此。孔家軍早就滲透進了京城，在我們奪下城門後，又趁虛奪了回去，宮裡也早被孔戟設下埋伏。」

輸給孔戟並不冤，只是不甘心罷了。多年籌謀一朝成空，呂氏一族怕是只有她一人能逃過此劫了……想到這裡，呂靜嫻心痛得厲害，一時之間不知活著還有何意義，倒不如跟隨家人一同去了。

湛鎮川看著她眼底的光芒漸漸黯淡，心下焦急，握住她的手勸道：「小姐，九狐山上還有人馬，將來未必不能東山再起。」

呂靜嫻喃喃道：「九狐山？」

「是。侯爺此番並未將所有人馬帶下山，那些御林軍也被關押在九狐山，只要能將他們納入麾下……」

湛鎮川勸了許久，終於讓呂靜嫻打起一點精神，她吃了些東西，靠著他睡了過去。

等身旁的人睡沈，湛鎮川神情一肅，開始思索接下來該如何行事。此次行動中殘存的這些人，是他當初特地留下的。他之所以帶著呂靜嫻從密道離開，是看出呂盛安的防備之心，所以才主動退了一步，不料呂盛安沒成功，他也因此逃過一劫。

輕輕將呂靜嫻放在座位上躺好，湛鎮川下了馬車，獨自去找宗鶴鳴。此去九狐山，定然會有人追蹤攔截，得想辦法避開才行，而他們當中最了解孔戟的人，莫過於宗鶴鳴。

宗鶴鳴也沒想到不過短短時日，呂盛安居然就造反了，還直接跟孔戟槓上。若是他早一點知道，定然會勸住呂盛安，因為他們根本贏不了！

然而眼下說什麼都晚了，得知湛鎮川的身分，宗鶴鳴振作起來，開始琢磨逃離路線，對方畢竟是孔戟，得考慮周全才行。

呂盛安謀反的事很快就傳開了，譚懷魯和崔鴻白立即將銀兩分成數份，讓人運往各地，繼續用於遷徙，而他們兩個則帶著剩餘的銀兩蹲守在城裡，勢必不給剩餘的叛軍機會。

「聽聞景旭然被救走了，當時城門口亂得很，沒能攔住。」

譚懷魯道：「他是死是活，已與老夫無關。」

崔鴻白嘆了一聲道：「你能這麼想再好不過，沒想到呂盛安竟跟九狐山的山匪勾結，還在山上養兵！」

譚懷魯冷冷道：「當年他們原本追隨二皇子，後來見形勢不對，立刻轉投太子，甚至不惜構陷二皇子，等太子病重，又毫不猶豫支持皇上，可見呂家本性便是如此。」

「幸好有孔將軍在，不然此番怕是當真要讓他得逞了。」

譚懷魯看了崔鴻白一眼，不吭聲。他倒是覺得，即便沒有孔戟在，呂盛安也不會如願。

「不知眾人得知舅舅身體無恙，還會不會心甘情願施行徙民實邊政策？」

煜太妃道：「呂盛安一反，不知多少人夜不能寐，唯恐受到牽連。徙民實邊的差事在他們眼裡，怕是成了救命稻草，若是辦好了，指不定能逃過一劫。」

陸雲箏一想，是這個道理。

朝中官員的關係素來盤根錯節，哪怕是再不對盤，也能扯出些牽連來，莫說是那些同呂盛安走得近的官員。鐵了心跟他一同謀反的畢竟是少數，大部分都只是眼熱呂盛安手中的實權，想圖個親近罷了。

整個皇宮內外足足清洗了三日才徹底沒了血跡，孔戟親自帶人搜了幾遍，確定宮中再無叛軍，這才恢復了往日的寧靜。

陸雲箏踏出怡心宮的第一件事就是去豬圈，幾頭母豬許是那晚受了驚嚇，幾乎同時產下豬崽，還好平日裡養得精細，豬崽都很健壯活潑。

看到系統提示任務完成，陸雲箏長長吁了口氣。等這些豬崽長大，就可以分別送往各處，繼續繁殖了。

隨著大白豬飼養任務完成，系統商城刷新出了一本《飼料製作指南》，涵蓋了幾種常見的家畜飼料製作方法。

陸雲箏看著角落裡那還沒捂熱的積分，咬咬牙忍住了沒換。然而沒多久，就見面前被系統丟了一個大螢幕，又多了幾個已接下的任務，要飼養不同品種的雞、鴨、牛、羊，仔細看看，都是改良過的品種。

「本地的牲畜不行嗎？」

【這個世界的物種相對較為單一，需要宿主幫忙擴充。】

「行吧，我換！」

陸雲箏老老實實換了那本《飼料製作指南》，至於那些牲畜，她打算等過陣子再拿出來養，總要等謝長風忙完前朝的大事，再來幫她處理這些小事不是？

謝長風這些時日忙碌得很，不過他倒沒急著審問呂盛安，這番舉動反而讓大臣們越發惴惴不安，唯恐這位年輕的帝王跟孔戟那個殺神暗地謀算些什麼，畢竟謀逆這等大罪必然伴隨著清算朝中各方勢力。

最近也是謝長風自登基以來行事最為順暢的時候，往日想做的一些事都能放手進行，這是趁幾個輔佐大臣沒心思插手，而剩下的大臣們又不敢說個「不」字。

在孔戟幫助下，除了曹國公那邊的御林軍，謝長風幾乎將京城守備力量掌握在手心。

呂盛安中的毒已經被解了，這會兒正連同呂家眾人被押在刑部大牢。

追查剩餘叛軍的差事被曹國公攬了去，事關曹家幾十條人命，這口惡氣若是不出，曹國公恐難安心。至於製炭的差事，已被曹家許以重金，交由研究院全權負責。

唯一覺得安心的恐怕只有百姓，這場謀逆來得快，去得更快，對他們來說是天大的幸事。

還有，陸北玄製出的青黴素在這次謀逆中起了很大的作用，不少重傷的將士們都是靠著這藥熬過來的，大大降低了死亡人數。

饒是孔戟，在得知這神藥的作用後，都恨不得當場將陸北玄抓走，專門為孔家軍製藥。

曹國公也在出發討伐叛軍前厚著臉皮跟謝長風要走了剩餘的藥丸——不給錢的那種。

謝長風倒也大方，左右大家已經見證了這藥丸的功效，掙錢是遲早的事。

陸北玄精力十足，一邊將藥丸的製作方法教給謝長風安排過來的人，一邊帶著兩個屬下繼續研製新藥。

太醫院其他太醫終於坐不住了，紛紛主動請纓想參與研製，卻被謝長風輕飄飄地打發了。

得知消息後匆忙趕回京的德親王一陣害怕，還好他忙於推廣火炕一事，並不在京中，王府府邸也沒被呂盛安放在眼裡，否則就糟了。

「皇上當真不需要臣去追？有宗鶴鳴在，憑曹國公怕是抓不住。」

謝長風道：「京城更需要舅舅。」

孔戟便作罷道：「九狐山雖易守難攻，但此番應是元氣大傷，只要守住山下，他們縱然返回九狐山，也成不了氣候。」

謝長風點點頭道：「朕也是這般考量的。」

曹國公到底沒能抓回叛軍，只狙擊了部分人馬，終究讓宗鶴鳴他們幾人逃回了九狐山。

一回到京城，曹國公立刻上奏，請皇上徹查謀逆案，謝長風允了。京城一時之間風聲鶴唳，在外辦差的大臣們巴不得不回京，留守京城的官員們則是暗惱不已。

曹國公幾年來跟呂家暗別苗頭，對他的黨羽再清楚不過，沒多久就拉下成串的官員，他們眼見性命難保，豁出去互相攀咬，又牽扯出更多人。

眼看再查下去，徙民實邊的差事都不夠人手辦了，謝長風才叫停。除了證據確鑿、罪大惡極的收押起來，其他人暫且不進行處置，待辦完手中的差事，再比較功過或賞或罰。

如此決策讓眾臣心服口服，直呼皇上聖明仁慈。

曹國公心有不甘卻無可奈何，拚了命強撐的身軀再也受不住，臥床不起，堂堂國公府，由嫡長子一人撐著。

後宮裡，纏綿病榻的太后聽聞曹國公也病倒了，當即捂著胸口，差點一口氣沒提上來。

曹琬心原本被禁足，但太后病倒後，將她招到身邊陪伴，到了這會兒，素來驕縱的曹琬心，終於知道害怕了。

經此一事，子嗣幾近斷絕的國公府必將不負往日盛景，哪怕曹國公手中權力再大，百年過後，沒有人能繼承，又有何用？

不知不覺間，曹琬心走到了仁壽宮的偏殿，卻見曹玥清在院子裡擺了几案，上面供著花果，似乎正在為誰上香。

曹琬心眼底閃過一絲恨意，她放輕了腳步靠過去，卻聽見曹玥清輕聲道：「母親在上，曹家總算得到報應，您在天之靈可以安息了。」

「妳這賤人！在胡說八道些什麼?!」

聽見這聲叫喊，曹玥清的雙眸迸發出寒意，她轉過身，冷冷看向來人。

曹琬心被她的目光刺了一下。許久未曾仔細打量過曹玥清，今日一見，竟覺得她與昔日有些不一樣了，曹琬心罵道：「妳也是曹家的女兒，家中遭逢大難，妳竟說出如此大逆不道的話來，還是人嗎？」

只見曹玥清淡淡道：「當初我娘暴斃的時候，妳不就說我娘是自作自受？怎麼，輪到妳的娘親橫死，我就不能說一句得到報應了嗎？」

曹琬心大怒道：「妳那賤人娘親如何能與我娘親相比？她也配?!」

此時曹玥清突然快走兩步，一巴掌搧了過去，罵道：「妳才是賤人！要不是妳爹貪圖我娘的美色，橫刀奪愛，我娘本可以一世無憂！至於妳娘，面慈心黑又善妒，自從我娘進了府，她就變著花樣折騰我娘，沒有讓我娘安生過一天，是她不配與我娘相比！」

曹琬心覺得面前這個女人簡直是瘋了，恨道：「我爹不是妳爹？我娘不是妳嫡母？我娘若當真容不下妳們母女，妳們能活這麼久？若不是曹家，就憑妳一個不受寵的庶女，能入宮承受皇恩？」

冷笑幾聲後，曹玥清不屑道：「妳以為我想進宮？我本來只想用我的婚事換我娘去莊子養病，好獲得自由，可因為妳不爭氣，進了宮也入不了皇上的眼，曹家才逼我進宮來。

「原本妳娘答應，只要我進宮，就放我娘出去，結果我入宮不過短短半月，我娘就被灌了一碗毒湯暴斃了！」

她在心裡怒道：不僅如此，你們甚至連我都不放過！

新仇舊恨在曹玥清的胸口燃燒，她本不曉得自己的仇有沒有機會報，可萬萬沒想到，呂盛安不只謀反，還屠了曹氏一門大半，這能不說是罪有應得嗎?!

只恨她身在宮中，不能親眼去看看尚且活著的曹氏老祖宗和曹國公這會兒是個什麼模樣，怕是生不如死吧！

曹琬心被眼前的曹玥清嚇得連連後退，她原本理直氣壯，這會兒卻莫名有些害怕。

「若是皇上知道妳是這個模樣，妳以為他還會寵幸妳？還有太后，難道妳就不怕太后知道了以後容不下妳？」

卻見曹玥清眼神陰暗道：「那也得妳有命告訴她。」

「妳什麼意思！」

曹玥清冷笑道：「妳不是早就想要我死了嗎？真巧，我也一直想要妳死！」

說完，她猛地一個用力，將曹琬心推進了旁邊的荷花池裡。

這荷花池並不淺，曹琬心又不諳水性，她驚慌失措地在水裡撲騰，張口想要叫喚，卻被曹玥清拿棍子往身上捅，將她往水裡壓。

曹玥清見曹琬心嗆了許多水，掙扎力度越來越小，眼看就要沈下去了，腦子裡卻突然閃過陸雲箏的話，她咬了咬唇，扔下棍子，大喊道：「快來人啊！救命啊！」

太后服過藥，好不容易睡了一個安穩覺，可一醒來卻又得知曹琬心與曹玥清爭吵時不小心落了水，如今高燒不退、昏迷不醒，太醫還說只能聽天由命。

「這一個個的……是要哀家這個老婆子的命啊！」

曹玥清跪在太后跟前，淚流滿面、低眉屈膝道：「都是臣妾的錯，姊姊情緒不佳，臣妾不該與姊姊起爭執。」

太后喘著粗氣，擺擺手道：「按她那性子，也怪不到妳頭上，先下去吧。」

等曹玥清走了，辛嬤嬤便湊上前輕聲道：「這事……怕是有蹊蹺。」

太后的目光沈了沈，良久後，長嘆一聲道：「罷了，曹氏如今還得指望她。」

經此一事，曹氏子嗣可說已經凋零，國公府健在的嫡長子四十有餘卻不成大器，否則曹國公不至於到了這把年紀還要在朝堂操持大事。

即便曹氏的嫡長子還能誕下子嗣，至少還得花上十餘年培養，他們這些老骨頭未必能撐那麼久，曹氏一族的榮光，只能靠曹玥清的聖寵來維持了。

「娘娘，臣妾還能回來嗎？」

看著在自己面前跪下的纖細身影，陸雲箏眼底閃過一抹複雜的情緒。仁壽宮裡發生的事，她已經知道了，當初曹玥清被煜太妃接走的時候，她是真的沒想到她能這麼狠！

「妳不殺她，不怕她醒來之後告發妳？」

「曹家已經沒有其他女兒了，便是她告發，太后也不會動臣妾。」曹玥清抬起頭，望向陸雲箏道：「不瞞娘娘，臣妾原本抱著拚死也要殺了她的決心，但臣妾猛然想起娘娘曾經說的話，忽然就不想髒了自己的手。」

陸雲箏頷首道：「妳若想來怡心宮便來吧，若有其他去處也可告訴本宮，便是宮外也行。不過依本宮看，妳還是先在這裡養好身子，再考慮將來。」

曹玥清瞬間落下淚來，行了個大禮，哽咽道：「臣妾謝娘娘大恩！」

「去吧。」

看著曹玥清的背影，陸雲箏不免有些感慨。這個姑娘終究得償所願，也沒有被仇恨迷了心智，真好。

【宮內外的危險都已清除，宿主可以繼續安心進行任務了。】

陸雲箏不知想到什麼，笑道：「好。」

如果只是做做任務就能改變許多人的命運，陸雲箏覺得這完全不是問題。

於是皇宮裡除了豬圈以外，又多出了牛、羊和雞的住處，原本觀荷養魚的池子也被鴨子給占了去，這些動物的叫聲，倒是為寂靜的深宮帶來了幾分活力。

早朝上，崔鴻白稟報道：「第一批遷徙的流民已經抵達邊關，這會兒正一起建新房，除了少數偷懶的，大都幹勁十足。便是那些偷懶的，也被安排去幹重活兒了，那個地方可不需要閒人。」

就在前不久，謝長風下了一道旨意，遷徙邊關的百姓免三年賦稅，若是參與朝廷發布的差事，除了能領月錢，還能免費住朝廷提供的房子。

這也是陸雲箏根據前世的經歷提出的政策之一。邊關建設非一朝一夕，光靠朝廷出力太慢了，授人以魚不如授人以漁，只有結合大家的力量，才能儘早起一座座繁華而有朝氣的新城。

目前這些政策僅在邊關試行，等到時機成熟，將來會在全國推廣，屆時朝廷有什麼新的措施，也更容易招募到願意參與的百姓。

第三十二章　蠢蠢欲動

臘月某一天，陸雲箏醒來後突然收到一大筆積分，均是來自馬鈴薯種植的進階任務。因為馬鈴薯的種植面積已達到系統的「普及」標準，因此主糧任務終於出來了，是玉米。

「為什麼只有玉米？水稻呢？小麥呢？」

【水稻和小麥在這裡已有不小的種植面積，只是品種略差，玉米是新物種，所以優先生成任務。】

「好，打開系統商城吧。」

等到面前亮起熟悉的螢幕，陸雲箏就毫不猶豫地兌換了《海鹽精製法》，她繼續掃視，又將《中草藥匯編》收入囊中，而《醫學基礎理論》看起來像是西醫理論，這得收下來。最後還有兩本烹飪相關書籍，兌換所需積分不多，也必須換。

「我換這些沒問題吧？」陸雲箏問的是海鹽，她饞這個實在太久了。

【朝中隱患已被消除百分之八十七，海鹽製作可以排入行程。】

如今陸雲箏已不追究系統的各項具體數值是怎麼來的，反正既然大部分隱患不復存在，那就能放心去掙錢了！

這晚對謝長風來說又是個不眠之夜，畢竟取之不盡、用之不竭的海鹽所代表的意義，實在是太重大了。

孔戟這些時日繼續住在宮裡，這會兒也被謝長風召來了。

「你且看看。」

這類薄薄的孤本，孔戟近日看了不少，每一本記錄的都是足以顛覆認知的好東西，此刻不免帶著莊重的心情接過書籍，等他翻開後看了短短幾行，表情就變了。

謝長風為自己倒了杯茶，緩緩平復內心的激動情緒，順帶等孔戟看完。

到底比謝長風年長了十歲，又是威震一方的大將軍，孔戟仔細看完後，沈聲道：「照書中所繪，海鹽的提煉方法本身不難，可工程浩大、難以保密，不過比起能得到的成果，這點問題也算不上什麼。」

謝長風道：「此事朕想交由舅舅去辦，可行？」

孔戟抬起頭，靜靜看著謝長風。

謝長風坦然回視道：「朕說過，京城這裡更需要舅舅，朕亦是。」

良久之後，孔戟問道：「皇上欲讓誰接管孔家軍？」

謝長風卻搖了搖頭，說道：「眼下邊關太平，孔家軍有兩位副將坐鎮已足夠，舅舅不必交出兵權。」

孔戟屈指敲了敲桌面道：「皇上如此信任臣，只怕將來臣功高震主的那日，皇上會後悔。」

「貴妃曾向朕描述過她夢中所見之國度，國力強盛、百姓富足、物產豐饒、官民和諧，能使萬邦來朝。」漆黑的夜裡，點點燭光下，年輕的帝王眼裡似有漫天星辰。「朕亦想成就此等盛世偉業。」

孔戟輕輕笑了，好似冰雪初融，他躬身行禮道：「臣領旨。」

這段時日的後宮，可說是前所未有的寧靜祥和。太后臥床不起，久未見人；皇后牽扯進謀逆大案，自那晚後就不見蹤影，也不知是被殺還是被抓，使原本就不多的妃嬪們個個安分得不得了。

陸雲箏去過幾次仁壽宮，太后的情況並不太好，但主要是她憂思過重，神傷大於身體的病痛，太醫也沒有更好的法子。

至於曹琬心呢，人是救回來了，但即便她告了狀，太后也只是讓她忍耐，因為曹家如今活著的人是一個都不能再少了。

曹琬心幾次在曹玥清這邊栽了大跟斗，甚至連命都差點丟了，這讓一向心高氣傲的她如何甘心？鬱結於心，又逢天寒，竟是常病不起了。

自從回到怡心宮，曹玥清又恢復了之前深居簡出的生活，每日都在房中看書，偶爾才會到院子裡轉一圈，從不曾踏出偏殿半步。

白芷這會兒也知道自己先前冤枉了她，心中有些愧疚，不僅交代宮女們伺候的時候多用點心，偶爾還會送些特製的吃食過去。

陸雲箏終於吃到了冬日裡的第一顆草莓，熟悉的濃郁果香味撲鼻而來，咬一口，甜中帶著微微的酸，教人口齒生津。

謝長風拿了一顆草莓細細打量——這果子確實生了一副好模樣，鮮豔紅嫩，彷彿稍一用力就會破了，香味也極為吸引人，光看就能想像出味道必然不錯。

「皇上怎麼不吃？」陸雲箏說著，挑了顆大的，遞到謝長風唇邊道：「快嚐嚐，很好吃！」

謝長風抬頭，將自己手中那顆遞了過去，陸雲箏自是不客氣地咬了，還示意他也吃。

看著陸雲箏的櫻桃小口，謝長風的眸光漸漸轉深，也不知是草莓的汁水更紅，還是她的唇瓣更紅。他伸手將面前的人拉到懷裡，低頭吻了下去，勾著那細軟的舌尖，一同品嚐草莓的香甜。

陸雲箏被這個吻弄得腰痠腿軟，哪裡還嚐得出草莓的味道？

過了許久，謝長風輕笑一聲，聲音低啞道：「確實很甜。」

於是，就這麼小小的一盤草莓，兩人硬是嚐了半日，期間還叫了水。

「等來年，朕讓人多種些。」

陸雲箏躲在被子裡不肯出來，惱羞成怒道：「不要！」

男人果然都是大豬蹄子！好意邀他一起品嚐草莓，結果浪費了大半！

「哪裡浪費？朕不是都吃了？」

陸雲箏又羞又怒，實在不想承認，她都活了兩世，竟還不如一個古人會玩，那種吃法……還不如不吃呢！

看著裹得好似蠶蛹的某人，饜足的謝長風知道自己該適可而止了，不然怕是又有好幾日不能近她的身。

「朕先走了，晚上再來。」

陸雲箏嫌棄的聲音隔著厚厚的被子傳出來。「走走走！」

謝長風不由得失笑。

即便再心急，謝長風也得將精製海鹽的事往後挪，原因無他，人手與銀子都不夠。到了這會兒，他倒是有點後悔之前掏空了私庫用於徙民實邊。

所幸沒過兩日，譚懷魯和崔鴻白上了摺子，有鑑於天氣轉冷，他們建議等目前這批流民抵達邊關之後，暫時擱置遷徙一事，等這些人在邊關全部安置妥當，開年後再繼續遷徙。

謝長風自是准了，幾日後，譚懷魯與崔鴻白帶著剩餘的銀兩，領著幫手們浩浩蕩蕩地返京，其餘官員也陸續準備回京述職。

這個臘月注定不安寧，從曹國公手中逃脫的叛軍，居然悄無聲息地摸進了長臨觀，想偷走那邊種的馬鈴薯。

原本他們已經得逞了，畢竟長臨觀那邊的守備力量不足，然而由於呂靜嫻的不甘和恨意，宗鶴鳴私下帶人想去抓陸銘，卻與孔戟安排接陸銘的人馬碰了個正著。

對上孔家軍，宗鶴鳴比誰都明白討不了好，當下拋棄屬下自個兒逃了，連帶暴露了偷馬鈴薯的行徑，自然被人一鍋端了。

宗鶴鳴帶著上百人下山，最終卻孤身一人回去，湛鎮川的臉色難看至極，知道內情的呂靜嫻心懷愧疚，忙輕聲勸解，誓要保住宗鶴鳴。

湛鎮川目光深沈，他已經起了疑心，面上卻不顯，只道：「既然小姐求情，此次就算了。不過眼下山上糧食不多，該如何是好？」

宗鶴鳴道：「請寨主再給我一次機會。」

謝長風和孔戟知曉此事的時候，均慶幸不已，因為京城局勢不穩，他們便派孔家軍去接陸銘回京，沒想到竟意外救了他一命。

饒是孔戟，都沒想到呂靜嫻如此卑劣，想抓陸銘當作人質，而宗鶴鳴也助紂為虐。

孔戟道：「呂盛安當初帶去剿匪的御林軍有大部分失了蹤影，十有八九被困在九狐山。這些人是他們僅有的籌碼，應當不會輕易斬殺，養著這些人，需要不少糧食。」

謝長風道：「先前待在九狐山還過得去，現在就未必了。宗鶴鳴素來有野心，會帶人出來劫糧草在情理之中，若非譚大人和崔大人一路謹慎，且護衛眾多，怕是也會被宗鶴鳴盯上。」

孔戟嘆道：「是臣一時心軟，當初沒有一劍斬殺他，請皇上准臣親自去一趟九狐山吧。」

陸雲箏知道此事的時候，亦是擔心不已，但她更怕孔戟出事。「皇上，爹爹逃過一劫已是萬幸，宗鶴鳴的陰謀沒有得逞，即便回到九狐山，想必日子也不好過，沒必要讓舅舅冒險跑一趟。再者，強龍難壓地頭蛇，叛黨在九狐山潛伏多年，地形地貌都吃透了，舅舅貿然前去，只怕會吃虧，得不償失！」

見謝長風仍在猶豫，陸雲箏又道：「皇上，想想徙民實邊、海鹽和水泥，哪一樣不是勞心勞力的大事？咱們眼下要做的事太多，實在沒必要立刻清剿九狐山。沒了呂家，他們成不了氣候，就是一群山匪罷了。」

謝長風知道陸雲箏還有未盡之言，她難得如此態度鮮明地表示反對，自有她的道理，再加上他對此事也有些遲疑，如此一來，便不用再考慮了。

孔戟到底沒走成，因為謝敏一臉高傲地攔住他道：「此間事了，任憑處置？」

夜裡，謝長風笑道：「是妳讓皇姊出馬的？」

陸雲箏得意地說：「對呀，還不是怕皇上說服不了舅舅嘛！」

「是妳讓宗鶴鳴去找陸銘的嗎？」

面對湛鎮川這個提問，呂靜嫻目光微閃。

湛鎮川輕嘆一聲道：「長臨觀離九狐山不算近，想找糧草不必跑那麼遠，以宗鶴鳴的本事，不會無故做出這種捨近求遠的事。」

呂靜嫻捂住臉，顫聲道：「是我的主意，我想用陸銘換我爹爹！」

「屬下沒有責怪小姐的意思，只是小姐為何不同屬下商量呢？是不信任屬下嗎？」

湛鎮川繼續道：「若是屬下知道小姐的心思，斷不會讓宗鶴鳴孤身領軍。」

呂靜嫻忙道：「我沒有不相信你！其實我原本只是隨口一提，沒想到宗鶴鳴當真去了。本想等解決糧食的問題後再與你商量的，我不想讓你為難。」

「當年如果不是侯爺，屬下早就被一併斬殺了，這條命是侯爺救的，又怎會為難？」湛鎮川語帶愧疚道：「是屬下思慮不周。」

兩人談了許久，湛鎮川也將自己的打算細細說給呂靜嫻聽，呂靜嫻這才知道他謀劃得很遠，心中感動不已。

屋外，宗鶴鳴蹲在不遠處的樹上，看著湛鎮川進去找呂靜嫻，久久不見出來，他目光深沈，不知在想些什麼……

「孔將軍治軍嚴謹，令行禁止，怎的到了本宮這裡，就言而無信呢？是看本宮一介女流，所以不放在眼裡？」

孔戟哪裡敢認，只道：「殿下近日住在宮中，臣一介外男，不好出入後宮。」

謝敏冷哼一聲道：「本宮早就搬出宮了。」

孔戟近日忙著研究精製海鹽一事，還真不清楚狀況，不過長公主府死了那麼多人，她還敢住？

像是看穿了他的疑問，謝敏淡淡道：「誰說本宮只有那座府邸？」

孔戟一時無語。他倒是忘了，面前這位尊貴的公主殿下，可是個實打實的金娃娃。

於是，孔戟又被長公主綁回去了。

當天深夜，薛明成鬼鬼祟祟、小心翼翼鑽進孔戟的房間。其實他根本不想來，但將軍有令，便是龍潭虎穴也得闖。

薛明成默默湊到孔戟身前，聲音壓低道：「將軍有何吩咐？」

孔戟展開手裡的輿圖，薛明成看過去，見畫的是九狐山，問道：「將軍要圍攻九狐山？」

「不，守住下山幾個點，將他們困在山上。」

只要宗鶴鳴在九狐山，那裡就不會太平，畢竟他不會輕易屈居於人下。原本在九狐山當家作主的人若只是個傀儡還好說，若是有手腕，假以時日，必定會起內亂。

薛明成道：「好，帶咱們的人去嗎？」

「不必，曹國公那邊還有一半御林軍。」

薛明成點點頭，心下了悟。

「等到皇上下旨，你便隨軍出征，部署好兵馬就回京，年後我另有安排。」

「是！」

隔天舉行了早朝，曹國公撐著病體，顫巍巍地到了殿上。謝長風體恤他，特地准他坐著上朝，可到了最後，曹國公才發覺自己這趟當真是不該來——朝廷要他交出御林軍。

可不來又能如何？京中的御林軍一半被呂盛安帶走，回來就成了叛軍，餘下的都在他手中。縱是千般無奈、萬般不願，曹國公也只能乖乖交出虎符，任由謝長風派兵守住九狐山。

曹國公萬萬沒想到，還不到三年的時間，原先還牢牢握住的權柄就這樣被收了回去，曹家日後該如何是好……

到了臘月底，京城沈浸在一片喜悅祥和的氣氛中，所有官員回京述職，吏部忙成一鍋粥，其他五部也沒閒著。

得知皇上暫時壓下呂盛安謀逆案，並不打算大開殺戒，所有人都大大鬆了口氣，這會兒不殺，將來或許也不會殺，畢竟如今正值朝廷用人之際。

譚懷魯、崔鴻白與幾位主事的大臣連續熬了幾晚，終於擬出摺子，為這次徙民實邊請賞。

德親王和工部尚書邵允推廣火炕一事辦得很不錯，自然也要上表請功。

就連曹國公也來湊熱鬧，火炕要起作用，可離不開他家造出的炭不是？總要趁著太后和他這兩個老骨頭在，多替家族討些封賞，將來才好再起高樓。

謝長風不禁發愁，現下阮囊羞澀，該拿什麼賞？

陸雲箏笑得幸災樂禍，看來屬下太能幹也不是好事，當老闆的人都不喜歡過年過節，果然有道理。

謝長風抱著她上下揉了一番道：「愛妃不替朕謀劃謀劃？」

陸雲箏微微喘著氣告饒。「不一定非要賞銀子嘛，皇上私庫裡不是還有許多珍寶？堆在倉庫裡不見天日太可惜了，倒不如賞給大臣們。」

「不賞金銀，會不會太寒酸？」

陸雲箏道：「那有什麼？皇家也沒有餘糧呀，這不是大家都知道的事嗎？皇上為了徙民實邊一事，可是把私庫都搬空了！若皇上覺得不合適，那就提一提俸祿吧，總有為官清廉之人需要。」

對員工來說，除了年終獎金，就只有漲薪水稱得上是大喜事了吧？

謝長風沈吟片刻道：「這倒是可行，待朕與崔大人商量一下。」

陸雲箏默默同情了崔鴻白一把，為官員漲薪水可不是隨便說說就行，漲多少、該怎麼漲，得多方思量，想來他年前怕是睡不了安穩覺了。

了卻一樁心頭大事，謝長風一顆心蠢蠢欲動，只怪懷裡的人又香又軟，不吃兩口似乎說不過去。

這一晚，芙蓉帳暖度春宵。

在孔家軍的護送下，陸銘安全抵京，他在家休息了兩日，便被謝長風召進宮。

師徒倆照例先在書房裡好好聊了一下，這才輪到陸雲箏，她也不在意，笑盈盈道：「爹爹，我琢磨了些新的吃食，您可要好好嚐嚐。」

這件事陸銘已經從謝長風那邊聽說了，等到菜品上桌，他一盤盤細細品嚐，讚許不已。

陸雲箏生來便與眾不同，他作為她的親生父親，自然再清楚不過，如今見她如此，心中既是欣慰又是感慨。有些事是注定好的，即便因為失憶晚了十年，這個女兒終究還是找回了原先的自己。

「放寬心吧，爹此番回京，便不走了。」

陸雲箏歡喜道：「那太好了！」

再沒有什麼比親人聚在一起更幸福的事了，哪怕隔著重重宮門，但至少想念的時候就能相見不是嗎？

結果，陸雲箏在年前就只見了陸銘這麼一次。身為大名儒，朝中大半臣子都曾聽過他的課，他回了京，當然要登門拜訪，更不提那些心思活泛跟想要拜師的，是以陸府的門前，日日車水馬龍。

第三十三章 需錢孔急

這一年，謝長風免了國宴和宮宴，不論前朝或後宮，無一人有二話。

除夕當晚，在探望過太后之後，謝長風和陸雲箏陪煜太妃一同用了年夜飯，這是這麼多年來頭一次。

陸雲箏有些惋惜地說道：「可惜舅舅不在。」

煜太妃卻笑道：「他啊，在溫柔鄉裡舒服著呢。」

陸雲箏不禁抿著唇偷笑。

煜太妃捏起一顆草莓，讚嘆道：「這果子生得真漂亮，都教人捨不得吃了。」

「這果子不耐放，不吃明日就壞了。」

謝長風瞧陸雲箏一顆心都在美食上，全然不懂煜太妃的感慨，唇角不由得微微翹起。

煜太妃滿腔「紅顏薄命」的哀愁莫名被沖散了，看著陸雲箏一口一口吃得歡快而滿足，她的眼底漸漸漾開笑意。罷了，兒媳雖然還年輕，卻已成婚多年，她還感慨個什麼勁呢……

長公主府邸的年夜飯異常豐盛，卻只有長公主一人坐在桌前。

孔戟看她一杯接著一杯喝，忍不住勸道：「這酒後勁大，不宜多飲。」

謝敏抬頭掃了他一眼，眼底水光瀲灩，她張開水潤的紅唇道：「要你管！你是本宮什麼人？」

孔戟挑了挑眉，起身走過去挾了一筷子菜遞到她唇邊，哄道：「來，嚐嚐這個。」

守在旁邊的侍女們頓時瞪圓了眼，恨不得把這個登徒子亂棍打出去，豈知長公主定定看了他一會兒後，竟一口吃了。

「味道如何？」

謝敏細細嚥下，頷首道：「不錯。」

孔戟眼底泛起淡淡的笑意，一口一口餵得仔細，直到謝敏搖頭，這才放下筷子躬身道：「臣送殿下回房？」

侍女們再也忍不住，幾步上前，擋在長公主身前道：「將軍自重！」

謝敏愣了一會兒，才道：「你，把本宮抱回房去。」

孔戟輕笑，不顧侍女們噴著火的目光，抱起謝敏緩步走進暖閣，在侍女們想要跟進去的時候，抬腳關上了房門。

幾個侍女面面相覷，想闖進房卻沒這個膽子，而且自家公主對孔將軍的態度實在曖昧得很，她們似乎沒有插手的必要。

謝敏被孔戟抱著，突然用力戳了戳他的胸膛道：「你說，你為什麼要跑？是不是看不起本宮?!」

孔戟道：「臣自覺配不上公主，想要先建功立業再說。」

「鬼話連篇！你都當上了將軍，也沒見你回來找本宮。」

「邊關情況不穩，是以耽擱了幾年。」

謝敏的語氣越發委屈。「皇弟登基前你明明回來了，也沒來找本宮！」

「朝中大權旁落，局勢不穩，臣怕牽連公主。」

謝敏的眼圈都紅了，顯然不信孔戟說的話。

孔戟將人輕輕放到床上，卻被她拽住了衣襟。他的目光一沈，終究順應心意親了上去，喃喃道：「不然臣守身如玉多年，是為了誰？」

景旭然裹著狐裘，站在外面茫然地看著皚皚白雪飄下，他不知道自己怎麼就走到了今天這一步。

湛鎮川待他還不錯，安排了一個獨立的院子給他，開窗即是宜人的風景，吃食方面也未曾虧待過他，整體說來甚至比在京城更自由。

然而景旭然並沒有解脫的感覺。宗鶴鳴剛上山就自請去找糧，可說得再好聽，也掩蓋不了打劫的事實。況且他這麼做，並不是為了山上的人，而是想乘機樹立自己的威信，從湛鎮川手中奪權。

湛鎮川並不如他所表現出來的那般無害，看九狐山的寨主是誰就知道了，偏偏宗鶴鳴心高氣傲，還沒站穩腳跟就迫不及待插手山中事務。

這些事景旭然看得太通透了，可越是通透，越覺得可笑。他在朝堂上所不齒的一切，在這裡依然持續上演，那他為何不留在京城，至少那裡有他的錦繡前程。

還有呂靜嫻，離開京城後，沒了呂氏撐腰，她變得實在太多，每日遊走在湛鎮川與宗鶴鳴之間，哪裡還有當年天真純善的模樣？

若他當初沒進宮見呂靜嫻，那麼除夕之夜，他該是在家中與溫婉的妻子吃個年夜飯，再與她一同看看書，彼此就算不交談也很溫馨，偶爾抬頭望過去，還能見到她嘴邊淺淺的笑容。

等到初一一早，去老師家裡拜個年，談論時事，再展望新年，或許還能遇到同僚，大家互相吹捧幾句，歡聲笑語，享受年節氣氛。

景旭然用力閉了閉眼，讓自己不去想這些，因為想得越多，越覺得自己像個小丑。老師已經不認他了，妻子也跟他和離，他親手葬送了自己的未來，只為了內心那一抹白月光。

「今日初一，要進宮拜年的！」

孔戟撐頭瞧著謝敏手忙腳亂的樣子，突然道：「我們成親吧。」

謝敏穿衣的動作一頓，接著冷笑一聲道：「別以為本宮寵幸你一次就能得寸進尺！」

孔戟先是微微瞇了瞇眼，隨即釋然了。是他太過心急，多年累積下來的誤會，豈是一朝一夕或三言兩語就能盡釋前嫌的？如今邊關和朝中局勢大致穩定，他有得是時間和精力慢慢來。

最終，謝敏帶著孔戟一同入宮。

太后自床上起身見客，短時間內她蒼老了許多，再也不復往日的雍容華貴。接見眾人時，她捻著佛珠，神情平淡。

謝敏昨夜貪歡，本就身子不適，來這一趟是為了禮數，見殿內死氣沈沈，毫無新年喜悅之氣，她也不願多言，只坐了片刻就起身告辭。

太后面色不悅，揮揮手，讓眾人都退下了。

出了仁壽宮，孔戟先行告退，陸雲箏則盛情邀約謝敏道：「姊姊去我宮裡坐坐吧？昨日草莓熟了，我給姊姊留了一株呢。」

謝敏想了想，答應了。

「待邊關新城建好之後，我想去開一間鋪子，就賣姊姊店裡的東西，可好？」

謝敏聽孔戟提過徙民實邊的另一個目的是以商止戰，這會兒聽陸雲箏說起倒也不意外，只道：「自是好的。」

陸雲箏笑道：「那就煩勞姊姊多費心了。」

謝敏聽出了她的意思，不由得失笑道：「妳可真是的，甩手掌櫃做上癮了？」

陸雲箏抿唇笑了笑，又道：「姊姊，邊城那邊的鋪子，我想把肥皂和牙膏牙刷分兩種，精緻的包好看一點賣高價，再另外做些普通的便宜賣給百姓。」

「都依妳。」

王大牛在成為奴隸之後，無論如何都沒想到自己將來會有這麼大的成就，他如今不僅脫了奴籍，還獲得軍爺的親睞，能隨他們一道去關外做買賣。

這是因為他的個性踏實勤懇，不僅最早學會怎麼種馬鈴薯，也勇於提問，所以是一批人當中最早脫離奴籍的，只是一直等到謝長風下令徙民實邊建新城，才落了戶。

在落戶那天，王大牛哭得不能自已，哪怕是在人市那暗無天日、毫無希望的日子裡，他也不曾落過淚，因為還有妻兒指望他，可現在他卻再也忍不住了。

有了戶籍就有了根，妻兒都在身邊，從今往後，他們的家就在這裡了！

與王大牛情況相似的人有很多，他們大都是當初被孔戟與薛明成買回來的奴隸，因為一直安分守己，如今基本上都脫了奴籍，只有少數手腳不乾淨、偷奸耍滑的被抓去挖礦幹重活兒。

邊關的模樣與過去大不相同，圈了好幾塊地預定建新城，雖然現在只建了一座，但從劃分出來的各個區域，以及正在建設的城牆來看，新城規模會是有史以來最大的。

眼下是農閒期，王大牛的妻兒在新城找到了活計，都是朝廷發布的任務，而他自己則跟著商隊去關外賣東西。

說是商隊，但主要是孔家軍，領頭的是位斯文俊秀的年輕人，臉上總是帶著笑意，說話也好聽，瞧起來不像商人或軍爺，反倒更像讀書人。

王大牛就是被他挑選出來打下手的，據說是因為隨行的軍爺們對關外之人態度不太好，攬黃了幾單生意，那年輕人便自己挑選了兩人，王大牛就是其中一個。

年前王大牛第一次隨他們去關外，得知主要商品是一種叫「玻璃」的好東西，他當時還心驚膽跳的，心想這種寶貝居然偷偷賣到關外，後來得知這玻璃除了通透好看沒什麼太大的用處，這才暗暗鬆了口氣。他在邊關的日子過得太好，著實不願意國家之間再起戰亂。

領隊的年輕人也沒瞞著他們，只道：「這玻璃是皇上命人研製出來的，高價賣到關外，是為了換取銀兩造福百姓。」

後來，王大牛終於見識到什麼叫「高價」，簡直是一寸玻璃一寸金的地步，可就算價格這麼貴，還是有不少人要，只為了裝飾在自家窗戶或是馬車上。

至於在京城，玻璃此刻不僅僅是拿來做窗戶了，各種造型的玻璃花瓶製作已經被陸雲箏排入了行程。

新年的第一個早朝，謝長風宣布暫停徙民實邊，等春耕過後再繼續。這幾年百姓的日子越發艱難，主要是天公不作美，收成年年減少，是以春耕是重中之重，再多的利民舉措，都不如倉稟充實讓百姓來得安心。

此外，研究院又開發出了新品項：水泥。在親眼見識過水泥的強度之後，所有人都激動不已，有了此物，城牆必將更加堅固，更別提若是拿來鋪路，該是何等平坦！

工部尚書邵允精氣神十足，一掃先前的頹廢，也不擔心自個兒被呂盛安牽連獲罪了，一個勁地往謝長風跟前湊，連連請奏將水泥推廣至各地，甚至還想將官道全部鋪滿水泥。

謝長風被纏得沒法子了，只得說：「並非朕不願意，只是銀子從何而出？」

邵允愣了愣，回道：「年前不是還剩了些銀兩？」

錢袋子被人覬覦的感覺並不好，謝長風冷冷道：「孔將軍有大事要辦，朕的銀兩都給了他。」

這意思很明顯。想要？去找孔戟討吧！

邵允頓時閉上了嘴，謝長風的耳根子終於清淨了。他之所以暫停徙民實邊，一來是為了保證春耕成果，二來確實是沒錢了，徙民實邊固然重要，但海鹽的影響力非同小可，得研製出海鹽才能確保民生穩定與大筆收入。

「你要離京？」

孔戟頷首道：「事關重大，臣要親自去一趟。」

謝敏「哦」了一聲，淡淡道：「那去吧。」

言罷，她繼續撥弄起算盤，只是玉石碰撞聲多了幾分忙亂，沒了平日的從容。

孔戟走到桌邊坐下，問道：「殿下可願與臣同行？」

謝敏動作一頓，抬頭看向他。

孔戟道：「此行並不危險，只是得保密，殿下若願意，臣就去求皇上。」

謝敏哼道：「本宮還需要你去求？」

「那殿下可要去？」

謝敏合上手邊的帳本，良久後才道：「本宮才不要放著榮華富貴不享，跟你四處奔波勞累。」

孔戟淡淡笑了，回道：「好，那殿下等臣歸來。」

謝敏撇過頭，不再搭理他。

是夜，孔戢帶著大部分的孔家軍悄然離京，隨行的只有研究院數人。

等到邵允總算下定決心去找孔戢，卻發現人早就不見了，他不由得捶胸頓足起來。

陸雲箏將崔鴻白召進宮，把玉米和棉花的種子交給他道：「玉米可當主糧，棉花可用來保暖與織布。」

崔鴻白是何等聰明之人，光從陸雲箏的敘述就能明白這兩樣作物的重要性，他鄭重地接過種子道：「臣必不辜負貴妃娘娘重託！」

陸雲箏頷首道：「有勞崔大人了。」

崔鴻白進宮與出宮都像一陣風，而後便一頭栽進了戶部。

陸銘從外地回來之後便定居京城，年後陸續有不少學子得知消息後追隨而來。其中不少人不願意出仕，卻對研究院興趣很大，謝長風自是求之不得，大手一揮，統統招攬了進去。

一切皆按部就班朝好的方向前進，唯一缺的只有時間和金錢，陸雲箏不禁再度感慨，還是要再多敲開一些賺錢的門路啊！

賺錢的法子很多，但能一口氣賺大錢的真心不多，若是謝長風心黑一點，藉著呂盛安謀逆一事大做文章，如同去年貪墨案那般斬上一波，再抄上那麼幾家，大把的銀子可不就來了嗎？

想到這裡，陸雲箏突然從貴妃榻上坐直了身子——她怎麼這麼呆呢，不一定非要抄家斬首才能拿到銀子啊，讓他們自個兒上繳也行嘛！

「以銀抵過？」

「民間不是早就有交銀子能免去徭役的做法嗎？咱們仿效就行了。呂盛安犯下如此大逆不道的罪行，平日同他走得近的官員可不少，誰知道他們心裡有沒有大不敬的想法？當然得排查一下才能安心。

「皇上仁慈，不妄開殺戒，只不過死罪可免、活罪難逃，大家都得為自己的言行舉止負責，若不想受罪，那就用銀子來換吧！」

說著，陸雲箏掰起手指頭道：「長公主的鋪子生意好得不得了，我那訂製的禮服與首飾從來沒流拍過，崔大人的玻璃更是賣得火熱，這就說明朝中大部分人都不缺銀子。」

謝長風笑道：「確是如此。」

當日，謝長風將宰相譚懷魯、大理寺卿龔至卿及刑部尚書方章召進宮，表示年已經過完，該審一審呂盛安的謀逆案了。

三人神情一肅，暗道該來的果然還是來了。

「呂盛安在朝多年，結黨營私，此番能悄無聲息帶兵進京、打入皇宮，表示有人跟他裡應外合，朝中替他望風之人，於朝於國都是隱患，還望三位大人不要放過。」

三人暗暗叫苦，這是要徹查的意思了？謀逆這種大事，素來都是上位者的大忌，當年長臨觀血流成河，不就是前車之鑑？不知這次又要掀起多大的風浪了……

龔至卿硬著頭皮勸諫。「皇上，眼下朝中多項舉措並行，正值用人之際，若是大張旗鼓地查抄，恐鬧得人心惶惶，無心辦事啊。」

謝長風慢悠悠道：「朕也不欲大開殺戒。」

饒是譚懷魯，也有些摸不清謝長風的意思，他試探地問道：「那皇上的意思是……」

「該查的人一個都不能放過，這些年靠呂家貪墨了多少銀兩，只要乖乖吐出來，朕可以酌情處置。」

龔至卿下意識想起去年貪墨案時，皇上一路走、一路斬、一路抄家的情形，所以——皇上其實是缺銀子了？

在場三人都是人精，龔至卿想得到，譚懷魯和方章自然也猜得出來，再想到前陣子工部尚書邵允日日追著皇上要用水泥建城鋪路，心下都跟明鏡似的。

「臣等遵旨！」三人齊聲說道。

等出了宮門，龔至卿道：「皇上這是想讓他們拿錢買命？」說的是這些年靠呂家貪墨的，但數字多少從何而知？還不是得讓皇上滿意了才行?!

方章淡淡道：「總好過誅九族吧，殺完以後再抄家，不一樣有銀子？」

自古以來，不論謀反成敗與否，哪次不是腥風血雨？如今皇上不殺人，只想要銀子，已經非常仁慈了。

兩人說完之後看向譚懷魯，只見他淡淡道：「吾等為人臣子，自當為皇上解憂。」

行，那就查吧，眼下各省官員還沒來得及動身，趁早討錢！

第三十四章　全員出動

「銀子夠了，妳還有什麼想做的？」

陸雲箏翻看譚懷魯交上來的帳簿，嘖嘖道：「朝中這麼多人都跟呂家有牽扯？」

謝長風笑而不語。這是譚懷魯他們幾個猜到了他的心思，乘機將朝中上下都敲打了一番，除了那些個當真兩袖清風、愛民如子的，其他多少都受了點牽連，就連邵允也不例外。

「姊姊昨日還說這陣子鋪子的生意差了許多，原來是銀子都讓皇上撈來了。」

謝長風笑道：「花錢買命保官職，不是妳想出來的招嗎？」

陸雲箏突然有點心虛地說：「我也就是隨口一說。」

謝長風失笑，將人拉到懷裡道：「放心，除了朕，沒人知道是妳的主意。」

此時陸雲箏正翻到帳簿後面的銀兩總數，心想這當真是筆鉅款，難怪謝長風問她想幹什麼。

她還真有想幹的。今年適逢三年一次的秋闈，不知道能不能藉機選幾個地方建學院試試，暫時只招收想識字啟蒙的人，按年齡分為小班、中班與大班。先生就從考生中招募，畢竟不是每個考生都能參加明年的春闈。秋闈落第，家境不好的考生可能就失去了讀書的機會，但這些人若是願意進學院教人識字啟蒙，可以多份進帳，也能繼續深造。

「我這裡還有造紙術和印刷術，若學院能建成，也不必擔心書本太貴，貧苦人家的孩子承擔不起……對了，將來咱們可以在每個城鎮建一座圖書館，大家可以在圖書館裡免費借閱書籍。」

謝長風聽完以後，垂眸看著懷裡的人。她或許不知道自己說的這些意味著什麼，也或許她知道，卻仍願意去做。

古往今來，萬般皆下品，唯有讀書高，書籍作為身分地位的象徵，資源往往掌握在貴族手中，萬千百姓何須識字？

察覺謝長風的沈默，陸雲箏不禁抬起頭。「皇上？」

謝長風回過神道：「此事事關重大，朕要與大臣們再細細商議一下。」

「好。」

得到承諾，陸雲箏便將事情暫且擱到一邊，其實她還想辦女子學院，但眼下並不是好時機。

對這個時代的普通百姓而言，要是有讀書的機會，或許會送男孩子去試試，女孩子？乖乖待在家裡幫忙幹活或等著嫁人吧，只有等到日子好過了，才可能會有疼愛閨女的人家願意送閨女去學院。

至於富貴人家，就算肯讓女兒受教育，也是請先生到家中執教，不會輕易讓她們拋頭露面的。

工部尚書邵允在刑部大牢走了一趟，絕望之下得譚懷魯的提點，當下就讓家人湊足銀子，又寫了悔過書，沒兩日就被釋放了，返家第二日還去點卯。

邵允萎靡了好幾日，倒不是心疼交上去的銀子，畢竟只要能換得皇上一句「不追究」，哪怕傾家蕩產也值得。只是回過神來一琢磨，就覺得皇上此舉來得突然，似乎是在他追著推廣水泥之後……若真是如此，那他可就成為坑害同僚的罪人了。

「你倒是有自知之明。」崔鴻白哼了兩聲道。

邵允苦笑道：「崔大人快別笑話我了。」

崔鴻白拉長了語調道：「如今皇上可是有銀子了。」

按照慣例，抄家的銀子都得搬進皇上的私庫，這次雖說不是抄家，卻也差不多了，一箱箱的真金白銀流入私庫，那皇上可不就有銀子了嗎？

聽到他這麼說，邵允的眼底漸漸有了神采。

「皇上仁慈，不願牽連無辜，是以諸位大人還能站在此地。咱們也要多為皇上分憂，不能辜負了皇上的一片心意不是？」

邵允點頭道：「對！」他必須振作起來，要上摺子奏請推廣水泥！

大臣們一心想為朝廷辦事，謝長風還能說什麼呢？當然只能給銀子，讓人放手去幹了。

邵允滿意了，轉頭盯上了譚懷魯。沒辦法，誰讓水泥是譚家那兩個後生在研究院製出來的，想要水泥，可不就只能找譚懷魯了？

譚懷魯原本就沒空，這些日子又被邵允纏得沒法子，便帶他去了郊外的工廠，說道：「時間有限，暫且只有這一處能製水泥，你便是再著急，也得等東西做出來不是？有這工夫，你不如琢磨琢磨該先用到哪處。」

邵允這才按捺住了內心的急切，回去與部下商量調整政策方向。誰讓水泥的產量太低了，他又不能說「我來幫你造吧」。

隨著譚家水泥廠順利開始生產，陸雲箏的水泥製造任務完成，系統商城也刷出了《鋼鐵冶煉法》，她毫不猶豫地兌換了。鋼鐵冶煉，小可以造福百姓，大則事關軍備力量，好鋼製出來的兵器，自然更鋒利。

謝長風拿到這本書的時候內心熾熱，饒是他原本沒有開疆擴土的野心，此刻也不免有些蠢蠢欲動，但他很快壓下這股慾望，再怎麼說，戰爭都太勞民傷財了，還是安安穩穩發展為上。

陸雲箏道：「只要我們足夠強大，鄰國自然不敢來犯。」

「正是。」

對於謝長風時不時拿出來的孤本，朝臣們仍是止不住地驚嘆，雖然私下沒少膽大妄為地猜測皇上這怕是挖了哪個神仙墓吧，但表面上卻是一個字都不敢提，就只當這一切理所當然。

鋼鐵冶煉的事情，謝長風直接交給了兵部。

呂盛安謀逆，兵部損失慘重，受牽連的人有不少，再經過前陣子的查抄，如今剩下這些幾乎都是上繳了銀子保命的，連兵部尚書顏克勛也沒能逃過。

此番拿著謝長風賞下來的孤本，顏克勛熱淚盈眶，哽咽道：「臣必不辱命！」

謝長風神情平淡，只略一頷首，心中卻已經開始盤算，若能成功製出鋼鐵，又得花費一大筆銀子為將士們更換兵器了——錢怎麼就那麼不夠花呢?!

大臣們哪裡知道年輕帝王內心淡淡的哀傷，只恨不得鞠躬盡瘁。

唯有崔鴻白暗暗嘆了口氣。皇上既將此法交給兵部，看來是不打算從私庫掏銀子了。他已經能預見，等兵部參透《鋼鐵冶煉法》的奧秘，他就會成為那個被追著要銀子的人了……

日子難過啊！

自從孔戟離京後，長公主又成了怡心宮的常客，而陸雲箏依舊是那副懶洋洋的模樣。

謝敏問道：「想不想出宮去轉轉？宮外跟以前有些不一樣了。」

不知不覺間，朝中上下的風氣變得跟過去迥然不同，京城的氛圍連帶著有所改變。平日作威作福、當街行凶的人減少，百姓似乎也過得更安心了。

陸雲箏想了想，終究搖頭拒絕。「出去一趟太麻煩，算了。」

她早已從系統那裡得知這個國家的變化，不光是京城，全國百姓的日子都好過了些，畢竟當官的也怕掉腦袋不是？

對於陸雲箏的反應，謝敏倒也不覺意外，因為面前這丫頭從小就不愛動。她轉移話題道：「曹國公似乎不太行了。」

陸雲箏抬起頭道：「去年不還能帶兵去追叛軍嗎？」

「那會兒是憑一口怨氣撐著的，回京之後他不就病倒了嗎？」謝敏頓了頓，才又道：「過年那會兒，他們府裡一個姨娘有孕了，說是曹世子的。」

「曹家還在喪期吧？難道不禁房事？」

謝敏道：「據說是那晚之前懷上的，許是看曹家太過淒慘，沒人參這件事。誰知過沒多久，那姨娘就被偷偷處置了，她娘家人不甘心好好一個人就這麼莫名其妙沒了，便去擊鼓鳴冤。」

「那後來呢？」陸雲箏還真不知情，許是謝長風不想讓這種糟心事污了她的耳朵吧。

「後來不知怎的，傳出曹世子不能再使人受孕的消息，那姨娘其實是與人私通，原本想偷偷打掉孩子，卻在看到曹家的慘況後起了別的心思，想藉這孩子上位，甚至掌控曹家的未來，才被處置了。」

這可真是一齣大戲啊……陸雲箏暗嘆。

「曹國公本就病著，眼見家裡出了這種事，竟是怒氣攻心，不但不良於行，甚至連話都說不明白了。」

陸雲箏心下了然，這是氣到中風了吧。

「曹家已經打算從旁支選孩子來繼承，但想要恢復往日榮光，怕是難了。」

陸雲箏輕嘆了一聲。在夢裡，曹家一直是呂家主要的競爭對手，堅持了幾年後才敗於湛鎮川之手，沒想到，如今呂盛安提前造反，曹家也跟著被毀了。

「也不曉得太后知不知道此事，若知道了，怕是又要病一場……」

「妳胡說什麼?!」

煜太妃看著太后驟然失去血色的臉龐，淡淡道：「若是不信，可以問問您身邊的嬤嬤。」

太后猛地轉頭喊道：「辛嬤嬤！」

辛嬤嬤立刻跪下說道：「稟太后，皇上交代過不要告訴您，怕您傷心又傷身。」

太后抖著手道：「我那姪兒……不能再使人有孕？」

辛嬤嬤搖了搖頭說：「皇上將太醫院的太醫都宣了過去，無一能治。」

太后哀號一聲道：「天亡我曹家啊！」

良久後，太后喘著粗氣，瞪著煜太妃道：「妳滿意了？」

煜太妃問道：「滿意什麼？」

太后冷笑著說：「也不必來笑哀家，妳那好弟弟跟長公主之間不清不楚，這可是亂倫！」

「這就不勞您費心了。」

步出仁壽宮之後，煜太妃突然覺得心裡空落落的。她跟太后鬥了這麼久，曾經小心翼翼、戰戰兢兢、如履薄冰，苟著一條賤命，如今算是翻身了，她卻並未感到多少快意。

當年像座大山一般壓在她身上的曹家，沒落也不過一、兩個月的工夫，甚至在那一夜過後，就已經注定走向衰敗。

這……便是天意嗎？

孔戟離京不過大半個月，就為謝長風送來了一小包白細的鹽，並附上一封書信。

謝長風看完以後，立刻去怡心宮通知這個好消息。「海鹽精製可行！」

陸雲箏瞧謝長風難掩喜色，也開心地說：「這麼快就成功了嗎？那要不了多久，就有用不完的海鹽啦！」

謝長風道：「恐怕還不行，研究院的人雖然成功從海水裡提出了鹽，但若想大量曬製海鹽，還得繼續嘗試。舅舅已經選好了地點，只是帶去的人手不大夠。」

不愧是孔戟，行動力果然強！不過，陸雲箏倒是沒想到曬海鹽竟這麼麻煩，不只要挑合適的地方，還得挖大量的鹽田，更要配合氣候，畢竟海邊颱風多。

「那皇上準備派誰去呢？」

謝長風道：「朕也正在思量，這本該是工部的事，但朕暫時不願他們插手。」

陸雲箏眨了眨眼道：「我這裡倒是有個法子。」

謝長風笑道：「說來聽聽？」

「每年各地都有不少囚犯，與其關在牢裡虛度光陰，不如就近安排他們去幹活兒，白天做事，晚上再派人說教，好讓他們改過自新。」

謝長風萬萬沒料到陸雲箏竟把主意打到了囚犯身上。

「還有那被判流放千里的，為何非要流放那麼遠呢？那些人大都在途中就病倒了，哪怕僥倖到達千里之外，身子也會落下病根，做不了事了。」

謝長風暗道這些人本就是死罪可免、活罪難逃，所以才會被判千里流放。「精製海鹽是需要保密的大事，讓囚犯去做不大合適。」

陸雲箏心想也是，便道：「那另外找人吧。」

謝長風捏了捏她的臉頰，說道：「不過朕倒是覺得妳這個提議不錯，日後若有合適的機會，姑且試一試。」

陸雲箏點點頭。

夜裡，一番雲雨過後，謝長風摟著陸雲箏，久久無法入睡。懷裡的人是當真想助他成為盛世明君，好東西一樣接著一樣來。受各方勢力箝制的時候，他都不曾感到這般窘迫，如今不僅缺銀子，還缺人……

明君，可比庸君難當多了。

眨眼間便是立春，當日，謝長風帶領百官進行盛大的祭祀，陸雲箏隨行出宮，百姓夾道歡迎，人人臉上都帶著笑意。

自去年以來，謝長風斬殺了不少貪官污吏，再加上呂盛安謀逆一事，朝中大小官員們都縮起了脖子，京中難得的安寧平和，也少見仗勢欺人之事，百姓的日子比以往舒坦多了。

聽著一疊聲的「皇上萬歲」，陸雲箏的嘴角不禁微微揚起，要不了多久，他們會更感念皇上的。

等大隊人馬浩浩蕩蕩出了城門，陸雲箏忽然發現城外官道上竟然鋪了一條長長的水泥路，這條路並未鋪得太寬，剛好夠御輦及兩旁的護衛們走過，若是尋常馬車，大概能並行三輛。

工部尚書這是打算先實驗一下？倒也不錯，畢竟想致富，先修路嘛！

只是陸雲箏哪裡知道工部尚書邵允的苦？他只是想透過這條路，讓皇上和百官瞧瞧水泥的妙用，繼而督促譚懷魯能上上心，多製造點水泥來給他用。

陸雲箏對水泥路很是習慣，可其他人卻是是頭一回見，哪怕是謝長風都覺得這條路不錯，動了多抽點銀子修路的心思。

有這個想法的不只是他，其他各州知府也很是心動，有了水泥路，可以省下不少趕路的時間吧？

於是，眾人齊齊將目光投向譚懷魯，譚懷魯早就料到了，淡定地說：「想要的話先下訂金吧，按序發貨。」

邵允聽了，頓時一個踉蹌，猛然覺得自個兒似乎做了件蠢事！

立春過後，雖然北方土地尚未解凍，但南方天氣已經回暖，可以準備春耕了。每年的春耕都是大事，今年尤其如此，因為要大量種植馬鈴薯和油菜花，崔鴻白帶著戶部不眠不休忙活了一個月多月，總算安排得差不多了。

然而，還不等他喘口氣，謝長風大筆一揮，徙民實邊再度開啟，與此同時，陸雲箏又從系統兌換了《造紙術匯編》和《印刷術匯編》。

《造紙術匯編》精選了五種造紙術，包含日常的廁紙，堪稱貼心小天使；《印刷術匯編》中也描述了幾種印刷方式，提供不同的選擇。

陸雲箏在拿到《印刷術匯編》的當天，突發奇想，想製作一本刊物，刊登朝廷正在進行的各項政策，讓百姓對朝廷多點信任、少點叛逆之心，順便宣傳一下謝長風的功績。

謝長風按住陸雲箏的手道：「此事暫時緩一緩。」

陸雲箏不解地問道：「為何？」

「朕明白妳的心意，但造紙術和印刷術需要時間研究，再來，朝中之事未必要人人皆知。」

陸雲箏乖乖點頭道：「好。那舅舅那邊如何了？」

「鹽田已經挖好，等下次潮汐海水淹進鹽田，就能開始曬鹽。」

陸雲箏道：「不知有幾分把握……」

謝長風笑道：「既然用少量海水製鹽行得通，就算要花一點時間掌握天氣與鹽田的狀況，相信他們也會克服所有困難。」

陸雲箏點點頭。孔戢辦事她放心，那些研究員也不是白養的。「等鹽田能大量曬出海鹽，皇上就不缺銀子了！」

聽聞此言，謝長風的笑容不由得一頓，伸手點了點旁邊的兩本白皮書道：「銀子再多，怕也還是缺。」

陸雲箏不禁抿唇輕笑。

第三十五章　天大喜訊

邊關的第一座新城已經建好了大半，年前遷徙過去的百姓也都全部落戶，大部分人住在朝廷提供的屋子裡，打算等滿一年再搬出去，只有少部分人自己購置房產。

其實百姓手上的銀子並不夠買房子，但是可以借貸買房，按月償還剩餘欠款就行，不過需要付少量的利息——當然，若是有餘裕，隨時可以提前還款。

這也是陸雲箏提出來的建議，畢竟整個邊關新城的地契與房契都在她和謝長風手中，想怎麼賣由她說了算。不過，最終的實施方案是崔鴻白和譚懷魯商議的，他們原本以為不會那麼快就有人買房子，沒想到當天就有人問了，而且隔天就賣掉了好幾間。

王大牛在得知能借貸買房的消息之後，第二日就去訂了一套臨街的大宅子，雖然借貸了不少銀子，但他一點都不慌。

如今他們一家人都在掙錢，兒子還不到娶親的時候，家裡也無不必要的開銷，每個月最低還款數目對他們而言並不算多，更別提手頭若是有餘錢，還能提前還款。

他妻子雷氏雖然沒攔著他，但對於要繳利息這件事，到底有些心疼。
「別心疼了，這麼好的宅子，多出來的那點利息，就當是咱們提前住的租金吧。」
王大牛說著，又道：「再說了，別看這宅子的價格貴，它位置好啊，放到以後，可未必還是這個價了，咱們穩賺不賠的！」
他那兩個較大的兒子也跟著勸。
「是啊，娘，咱們一起掙錢，提前還欠款，就不用出太多利息了。」
「我作夢都沒想到能住這麼好的宅子呢，爹買得對！」
雷氏瞪了他們幾眼，沒好氣地說：「我不過說了一句，你們幾個就說個沒完了，我也沒說不該買！」
最小的兒子笑嘻嘻道：「爹，咱們什麼時候能搬進去啊？」
王大牛笑道：「今日我交銀子時房契就已經過戶了，咱們隨時都能搬進去！」
這下子，莫說是三個兒子，便是雷氏也高興起來，一家五口開始盤算該買些什麼。
既然是新房子，家具當然也要打新的才好，這麼算下來，又是一筆不小的開支，但想到這是要花在新家的，又覺得沒什麼大不了。
不只是他們家，其餘一些人家也很歡喜，都是被孔戟與薛明成買回來後又脫了奴籍的人。他們來得最早，辛苦工作了一段時間，手頭也攢了些銀子，便搭上了借貸買房這班車。

除了王大牛家，這些人對孔戟也很是信任，雖然邊關新城是朝廷建的，但沒瞧見幫忙幹活兒的都是孔家軍嗎？

不過幾天的工夫，第一批借貸買房的人陸續搬進新家，到處都在放鞭炮，喜氣洋洋的，看了著實教人羨慕。

於是，更多人去問買房子的事了，就連某些按照徙民實邊政策前來的人也蠢蠢欲動，不過最後掏銀子買的人還是不太多。因為他們還不夠信任朝廷，擔心所謂的借貸買房也許只是個大餅，房子指不定什麼時候就會被收回去，到時候花的銀子都打了水漂。

日子就這麼一天天過下去，徙民實邊的隊伍再度出發，這回流民倒是不多，奴隸的比例更高。

這些奴隸是朝廷出面買下的，他們沒有銀兩，但有糧食可拿，這對他們來說已經是作夢都不敢想的好事了，畢竟一旦入了奴籍，想要贖身可沒那麼容易。

他們抵達邊關後，原先建好的屋子頓時快不夠用了，趁著人多，工部加速建設其他座新城，而孔家軍依舊出錢、出人、出力。

就在譚家生產出了第二批水泥時，水泥的製作方法已經被送到鄭衍忠手上，他一巴掌往莫啟恩的肩膀上拍，說道：「皇上和將軍果然沒讓咱們白忙活，看看這好東西！」

莫啟恩嘆道：「既然知道是好東西，還不趕緊找人去做？」

鄭衍忠點點頭，大步邁出去，開始挑選合適的人辦事——原料得盡快派人找，製石灰的工廠也得建。

莫啟恩卻不似他這般歡喜。玻璃也就罷了，左右不過是個擺設，可水泥這種要緊的東西，皇上就這麼給了他們，其他大臣們若是知曉了，會怎麼想？

想了想，莫啟恩還是修了一封書信，派人送去給孔戟了。

孔戟這些日子守在海邊，天天風吹日曬的，皮膚卻越發透亮，接到來信，他隨意掃了一眼。

莫啟恩的心思倒是細膩，但水泥的用途本來就廣，譚家製造的水泥不夠京城及各省使用，邊城這裡自是要再開一個水泥工廠，好自產自用。

這也是皇上同幾位大臣商議過的，只有邊關強大了，才能保證敵國不會輕易入侵。

想以商止戰，不光要有夠好的商品，還得有夠強大的實力，不然就不是以商止戰，而是引狼入室了。

若是以往，大臣們或許會勸皇上三思，因為邊關過於強盛並非好事，必須提防孔家軍擁兵自重，可如今這話在心裡轉了一圈又一圈，卻沒人提了。或許是皇上這段時日以來拿出的孤本太多，大家都沾了點好處，也或許是不經意間發覺皇上越來越有威嚴了。

算了，有心思擔心孔家軍雄踞一方，倒不如求皇上賜個孤本，好跟著多吃肉、多喝湯。沒瞧見崔氏和譚氏在京城的那幾間新宅子都啟用了嗎？明年春闈，他們兩家當中怕是有人要上場一展身手了。

一直等到三月中旬，京城的土壤才徹底化了凍，陸雲箏迫不及待地讓季十五種下了甘蔗。有了甘蔗，糖還會遠嗎？有了糖，各種甜食還吃不到嗎？蜂蜜雖好，但也不能代替白糖啊！

季十五不明白貴妃娘娘怎麼突然那麼積極，但也猜到這回種的怕是天大的好東西，便更加用心了。

自進宮以來，季十五養得白胖了不少，五官也漸漸長開了，是個濃眉大眼的漂亮姑娘。她的兄嫂如今都在外頭謀了差事，小倆口的日子過得有滋有味，過年那會兒季十五出了宮，陸雲箏本以為她會留在兄嫂家，卻沒想到年後小丫頭又回宮了。

季十五不但乖巧懂事，還很會做事，很合陸雲箏的眼緣，也不介意多養她一個，她捏了捏季十五的小圓臉道：「若是想妳哥哥跟嫂嫂了，就來跟本宮說，本宮送妳去見他們。」

「好。」季十五又道：「哥哥跟嫂嫂白日都要去幹活兒，奴婢總是一個人在家，宮裡挺好的，有姊姊們帶奴婢玩，還能讀書識字，甚至能學繡花呢！」

陸雲箏笑了，說道：「宮裡人多，妳就在本宮這裡住著，多學點東西，將來總沒有壞處。」

季十五重重點了點頭，心想她的嫂嫂也是這麼說的。

陸雲箏在院子裡陪了季十五一會兒，便又想回房去躺著了。

【宿主想生子嗎？商城裡有生子丹。】

陸雲箏一顆心緊了緊，問道：「怎麼突然這麼說？」

【妳的身體不能有孕，這個世界的醫術尚無法治療，但有了生子丹，可以讓妳孕育一個孩子。】

陸雲箏一言不發，窩在貴妃榻上。

當年讓出皇后之位，所有人都覺得她太傻，更覺得謝長風無用，保不住自己的嫡妻。然而真正的原因卻只有極少數幾個人知道，就是她不能受孕，而這件事，連太后都被蒙在鼓裡。

身為皇后豈能無所出，那將遭到千夫所指，哪怕她爹是名揚天下的大名儒，也保不住她。

謝長風放輕了腳步進房，卻碰巧看見一滴晶瑩的淚珠從陸雲箏眼角滑落，他心一痛，快步過去問道：「怎麼了？」

陸雲箏被抱進溫暖的懷抱裡，終是忍不住失聲痛哭。若她當年沒失憶該有多好？若是系統電量沒有放空該有多好？若是她在三年前就恢復了記憶該有多好？

那她就不用故作大方地勸心愛的夫君立他人為后，即便謝長風從沒碰過除了她以外的其他女人，即便他們兩人之間的感情絲毫沒有改變，可到底不再那樣純粹，就像畫卷上多了一個黑點，哪怕不影響整體的美感，卻總教人心有不甘。

謝長風不明白陸雲箏為何哭得這般厲害，近日一切分明進行得很順利，在他進房之前，還聽聞她方才興致勃勃地與季十五一道撒了新種子下去，怎麼轉眼的工夫就一個人偷偷哭起來了？

陸雲箏哭了許久，回過神來之後，卻又有些羞赧，滿腹心思無法宣之於口。

謝長風雖然看出了些異狀，卻沒追問，只笑著說起其他事。「今日朝堂之上，朕拿出海鹽，嚇了他們一大跳。」

「舅舅成功了嗎？」

謝長風頷首道：「這次大量製鹽算是成功了，是以他派人連夜送來京城，一早來到朕跟前，朕就拿去給那些大臣們掌掌眼了。」

「那皇上怎麼還有空來我這裡？沒人追著要海鹽嗎？」

「不提還好，一提起這件事，謝長風就嘆道：「怎麼沒有？在早朝上就要起來了，所以朕才來妳這裡躲躲。」

陸雲箏忍不住笑了。她剛剛哭過，眼角泛紅，眼底帶了些濕意，這麼一笑，勾人得緊。

謝長風忍不住抱著陸雲箏親了一會兒，壓著她的唇低聲道：「看朕出糗，妳就這般高興？嗯？」

「哪有……分明是您自己說的！」

謝長風哪裡肯聽陸雲箏辯解，他的手指瞬間靈活地伸進了她的衣衫。陸雲箏身體一僵，沒來由地想起剛剛系統說的話……

【已為宿主兌換生子丹一枚，請宿主自行服用。】

陸雲箏手中多了一顆藥丸，她輕輕握著，神思有些恍惚。

【即將開啟安全模式，無事勿擾！】

陸雲箏有些無語，心想這系統還真是「貼心」啊……

似乎是察覺到懷中之人不夠專心，謝長風不輕不重捏了手心裡的桃尖兒一把，聽到陸雲箏輕哼一聲，他心頭一動，埋首含了過去。

陸雲箏趁謝長風不注意時將生子丹放進嘴裡，頓時一股清甜的暖流在嘴裡化開，隨即順著喉嚨滑了下去。

纏綿之間，謝長風吻住陸雲箏微張的紅唇，低喃道：「甜的。」

成功製出海鹽，讓大臣的們嘴巴都要合不起來了，而更讓他們震驚的，是那位年輕的帝王表示，兩年內要在各地開設鹽鋪，將鹽價降至最低，讓所有百姓都能隨意吃到鹽。

從古至今，鹽稱得上是立國之本，鹽稅向來是國庫的重要收入，謝長風此舉，簡直聞所未聞！

一時之間朝堂哄鬧如菜市場，謝長風卻一臉淡定，等大家吵夠了，才淡淡道：「此乃海鹽，由海水曬乾而成，只要方法得宜，可說是取之不盡、用之不竭。」

殿內頓時一片寂靜，良久後，德親王顫聲問道：「皇上此言，可當真？」

謝長風緩緩道：「朕能保證是真的。」

「天佑我謝氏王朝啊！」

德親王不顧殿前失儀、老淚縱橫，其他大臣們也心有戚戚焉，誰不希望自己輔佐的是盛世明君？誰不想成為一代名臣？誰又不想見證一代盛世？

便是謝長風，內心也遠不如表面上那般沈靜，所以他才會一下朝就去了怡心宮，原本想對陸雲箏敘說一二，卻不料看到她傷心落淚。

雲收雨歇之後，謝長風靜靜抱著懷中的溫香軟玉。雖然不知道她為何痛哭，但既然她不願說，他便不問。如今海鹽有了著落，看大臣們那激動到恨不得為了天下而肝腦塗地的模樣，想必將來建學院一事受到的阻礙會降低一些。

隔天雖然不需要早朝，但大臣們依然結伴入宮，想找謝長風好好商討一下海鹽的事。既然想讓鹽鋪在兩年內開遍各地，那產量總要上去吧？鹽鋪怎麼開，也得拿個章程出來吧？還有，京城是不是該先開個鹽鋪試試？

豈料謝長風一口否決。「待海鹽囤夠數量，就從邊關新城開始，沿途往京城開鹽鋪。」

從邊關新城開始？眾大臣頓時無語。

謝長風解釋道：「鹽鋪開業必須大肆宣傳，讓所有人知曉真正的鹽價，且限人限量，杜絕販賣私鹽。」

到了此刻，大家終於明白了謝長風的決心，他是真的要放棄鹽稅這一大稅收。

面對大臣們的勸誡，謝長風淡淡道：「海鹽的成本低廉，鹽價便宜，百姓既然用得起，自然就會多用，該賺的銀子一樣能賺。」

崔鴻白這陣子忙著處理徙民實邊的事，昨夜剛回京，錯過了早朝，卻未錯過眾位大臣的意見，這會兒，他一眼看穿謝長風的盤算——鹽價便宜，鹽稅自然也高不起來，就算賣得再多，還能比現在多幾十、幾百倍？這是真的為了黎民百姓放棄鹽稅了。

只不過，聖意已決，他們又能怎麼樣？更何況，海鹽的製法如今還捏在皇上手裡，既然他想當個明君、想以人民為優先，誰又能攔著？

面對同僚各種明示、暗示，崔鴻白一概裝傻，譚懷魯這會兒還在外地沒回來，他不過是個戶部尚書罷了，難道還要管皇上怎麼掙錢？

「皇上，那鹽商該怎麼辦？」有大臣問道。一旦廣開鹽鋪，幾乎會對鹽商造成毀滅性的打擊。

謝長風回道：「朝廷照價回收他們手中的鹽及鹽引。」

於是，一件天大的事就這麼輕飄飄地被揭過了。

又過了一個月，謝長風召見邵允，命他帶人配合孔戟擴建鹽田，而這些擴建的鹽田，所得盈利歸入國庫。

邵允感慨道：「皇上聖明啊！」

崔鴻白則是默默望天，心想皇上怕是不想再掏私庫補國庫了。

怡心宮裡，謝長風無奈地嘆了一聲，怎麼缺錢跟缺人的問題一直無法解決呢？

「那是因為皇上將差事都攬在自己身上，若是分出去一些，便能輕鬆許多。」

謝長風搖了搖頭說：「眼下還不行，按照如今的局勢，若是貿然交出海鹽的管理權，獲利的絕不會是百姓。」

這個道理陸雲箏自然懂，一旦出現任何實用的新技術或物品，隨之而來的便是暴利，不僅是玻璃，譚家的水泥賣得也不便宜，更別說那白花花的海鹽了。想要惠及百姓，就只能靠謝長風強勢而為。

頓了一會兒，陸雲箏緩緩說道：「我有個好消息要告訴您。」

謝長風只當又有了什麼新吃食或好書籍，淡笑著說：「什麼好消息？」

「我有孕了。」

眨眼間已經快立夏了，陸雲箏原本個性就懶散，自從有了身孕之後，更是理直氣壯地過上了吃吃睡睡的日子，全身像是沒了骨頭似的。如果系統有情緒，應該萬分後悔主動揭露生子丹的存在。

【已為宿主兑換《礦鹽精製法》，記得交給謝長風。】

陸雲箏忍不住翻了個白眼。從什麼時候開始，系統已經不過問她的意思了？

不過，作為一條鹹魚，陸雲箏很滿意現狀。系統將任務流程安排得明明白白，由謝長風按部就班地實施，她只要充當傳聲筒就行了，簡直完美到不行！

【如果本系統是反派，宿主已經狗帶了。】

陸雲箏無奈道：「你身在古代，居然學會了『狗帶』這個詞？我這是信任你啊！」

當然，最主要的是系統提供的全是利國利民的好東西，她照做都來不及了，哪需要懷疑它呢？

第三十六章 培育幼苗

海鹽的精製技術越來越成熟，產量一個月比一個月高，再加上新的鹽田還在不停建設，或許等到年前就能大範圍開起鹽鋪了。系統大概是看到了這點，所以才又提供礦鹽精製技術，兩邊同時下手，這樣離百姓隨時都能吃到鹽的日子就不遠了。

年後這批徙民實邊已經完成，謝長風點了點私庫裡的銀子，果斷叫了停。雖然朝廷停止了大規模的遷徙，但百姓若想去邊關新城安家落戶，亦是可行，若是結伴前往，還能向各地父母官請求護送。

禮部一干人等終於結束了被四處借調的日子，迎來了屬於本部的忙碌：封后大典。禮部尚書辜繼祥連走路都帶起了風，然而還不等他寫好儀式流程再上奏，就被謝長風單獨召進了宮。

「封后大典不必過於隆重，但要廣而告之。」

辜繼祥思索了一下這句話，品出了天子的心意，躬身回道：「臣定會讓全天下的百姓都知道皇上與皇后娘娘鶼鰈情深！」

點點頭，謝長風眼神流露出讚許道：「去吧。」

【謝長風準備封妳為后，《水利工程匯編》和《通衢之法》是給你們的賀禮。】

對於系統天外飛來的這句話，陸雲箏一時無語。賀禮？不都是要拿積分換的嗎……

【不扣積分。】

陸雲箏睜大眼，欣喜道：「你可真大方！」

確實，最近連年有水患，水利工程刻不容緩，先前因為尚未解決百姓溫飽的問題，騰不出手和銀子來做這件事，但顯然謝長風和大臣們皆對此事甚為憂慮，不然徙民實邊的時候不會側重遷移沿江的百姓。至於路嘛，也是遲早要修的。

謝長風拿到書，不由得失笑道：「本該是朕準備禮物給妳，妳反倒給朕送了份大禮！」

陸雲箏靠在他懷裡，語氣有些懶洋洋的。「就當是我送給天下百姓的禮物吧。」許是系統出品，陸雲箏這次懷孕意外的順利，沒有孕吐的情形，不似大部分孕婦那般難受。

謝長風將手掌輕輕放在懷中之人尚且平坦的小腹上，舉手投足間小心翼翼，唯恐驚動了她腹中的孩子。「好。」

陸雲箏被他的舉動逗笑，說道：「其實，封不封后沒什麼。」眼下缺錢又缺人的，何必勞師動眾搞什麼封后大典。

「若是往日，朕就隨妳高興了，但這次不行。」謝長風不容置疑地說：「我們的孩子，當然要是嫡子！」

更何況，這是連陸北玄都判定陸雲箏幾乎無法受孕的情況下突然有的孩子，謝長風簡直如獲至寶，哪裡捨得委屈了小傢伙和小傢伙的娘親？

陸雲箏卻不樂意了，嘟了嘟嘴，嗔道：「您只想要皇子嗎？若是公主，您豈不是要失望了？」

「朕只是隨口一說，公主朕也喜歡……不，是更喜歡，若是公主，那更要讓她當嫡公主了！」

陸雲箏哼了一聲，扭過頭不理他。

謝長風摟著她說了半天的話，才終於把人哄笑了。

沒多久，陸雲箏便沈沈睡了過去。自從她懷孕之後，旁的倒是沒什麼，就是格外嗜睡。

謝長風靜靜看了她一會兒，這才起身離開，順手將那兩本書一併帶走了。

近些時日大臣們似乎沒那麼忙碌，都有閒工夫來操心他後宮的事了，得再找點新鮮事給他們做。

若是大臣們聽到這話，怕是要大大喊冤，分明就只有一人隱晦地提了那麼一句，更何況，皇上登基三年，後宮仍未有子嗣，此事本就不妥。

陸雲箏有孕一事，謝長風打算過了三個月再廣而告之。除了陸北玄，只有怡心宮貼身伺候她的那幾個侍女知曉，就連煜太妃那邊都沒有驚動，也難怪眾大臣擔憂了。

瞧見皇上拿出的那兩本書，忙得暈頭轉向的邵允眼睛瞬間瞪大，頭也不暈、腦子也不渾了——這可真是好東西啊！

「朕欲大興水利。」看到邵允雙眸發光，謝長風慢悠悠地接了一句。「待國庫充盈後，此事交由你與崔大人商議。」

邵允滿腔熱情頓時被潑了盆冷水。戶部尚書崔鴻白屬貔貅的，想從他手裡拿錢，起碼得磨個一年半載……

打發走了邵允，謝長風又召來宰相譚懷魯和吏部尚書黎興。今年是三年一次的秋闈，從去年至今，前有貪墨案，後有謀逆案，朝中上下不少職位都出現了空缺，就等著今年秋闈和明年春闈來篩選良才了。

謝長風問道：「今年欲招多少舉人？」

黎興躬身回道：「擬南方各省取六十人，北方各省取四十人。」

謝長風淡淡地說道：「少了。」

黎興頓了頓，試探性地問道：「那南方各省取七十人，北方各省取五十人？」

「十取其一。」

聽到這個數字，黎興愣住了。「皇上，本朝歷來秋闈最多也就百取其三，這十取其一……是否過多了？」

謝長風看向譚懷魯，問道：「譚大人以為呢？」

譚懷魯不答反問。「皇上想推行新政？」

朝中缺人，譚懷魯是知道的，但也並非沒有良才可選。雖說往年的進士有不少還在修習，不過追隨陸銘來京的學生裡，也有不少真才實學的將相之才，可以挑選一些出來填補朝中空缺。

再不濟，明年春闈過後也能入一批進士，皇上若是想找人做事，春闈多招一些進士便成，不至於連舉人都要廣招。這般行事，定然是這位年輕的天子又有什麼新盤算了。

「朕欲在各地修建學院，免費教百姓識字啟蒙，需要大量教習先生。」

輕飄飄一句話，卻恍若驚雷，饒是譚懷魯都有點懵。

黎興下意識地說道：「這如何能行？」

讀書此等高尚之事豈能兒戲？讓堂堂舉人去教百姓識字啟蒙，簡直滑天下之大稽！更何況，百姓碌碌一生，何須識字？

譚懷魯到底是老謀深算，震驚過後，他問道：「不知皇上此舉乃何意？」

「知書方能達禮，人人知禮守禮，終能成就盛世王朝。」

至此，謝長風的野心終於展露在人前，他不僅要成為一個明君，還要開啟一代盛世！

黎興已經不能言語，亦不敢言語，他仍覺得這個想法不可思議。

至於譚懷魯，則是想得更遠。皇上此舉，分明是想從寒門挑選良才，只要所有人都有讀書識字的機會，那麼因出身平凡而被埋沒的人才，終將熠熠生輝。

此事一時之間難成定論，謝長風只是借此二人透個口風出去罷了，三日後的早朝，才是真正商議的時機。

短短三日，京中所有權貴之家都掀起了驚濤駭浪，饒是早已不過問朝政的太后，都忍不住將謝長風召到跟前問道：「皇上要讓百姓讀書識字？」

看著略顯蒼老、精神萎靡的太后，謝長風依舊態度尊敬地應道：「是。」

「這豈不天下大亂？」

「如何會亂？」

太后嘆了一聲道：「那些名門世家、勛貴之族，豈肯鬆口？皇上此舉，是在逼迫他們啊。」

謝長風道：「前朝根據出身定品級，最終導致『士庶之際，實自天隔』的局面，最終被太祖揭竿而起，朕當引以為鑑。」

「可皇上有沒有想過，朝中官位只有這麼多……」

「太后也知道朝中已經被世家貴族侵占了？」

太后抿了抿唇，看向面前的人——冷然清貴如昔，無論如何都看不出那張面皮下竟然藏著這樣的心思。

良久後，她嘆了口氣道：「曹家已經注定衰敗，袁家說這番話，並非為了一己私利，只是擔心皇上。」

謝長風對她並不算差，煜太妃那個女人似乎也沒想要她的命，太后並不希望他被推翻，若再來一個新帝，未必能容得下她和曹家。

只見謝長風端了杯茶，親自遞到太后手裡道：「太后安心頤養天年，前朝有朕在。」

早朝前，大臣們摩拳擦掌，胸中有萬千溝壑，自覺能在朝堂上掰扯個十天半個月不休息，然而看到那個明明少見卻熟悉的身影時，一腔熱血遭到了迎頭痛擊。

這該死的殺神不是在幫皇上製海鹽嗎，什麼時候回來了？還好死不死地偏偏挑在今日返京！

若是長公主能聽到這番埋怨，定要怒懟回去。「誰說他今日回京的？明明三日前就到本宮的府邸了！」

早朝上，孔戟細細稟報了海鹽一事，工部尚書邵允看情況補充了一二，隨後，戶部尚書崔鴻白針對徙民實邊一事進行了總結匯報。

兵部尚書顏克勛不甘落於人後，站出來表示鋼鐵冶煉之法雖然尚未成功，但已有所得；禮部尚書韋繼祥見狀，也將封后大典的事挑了幾件來說。

吏部尚書黎興在一邊冷眼旁觀，似乎看透了這場暴風雨前的豔陽高照，心想大家這麼使勁吹噓自己的功績，不就是了避免等一下開罵的時候不至於被皇上一怒之下拖出殿外嗎？刑部尚書方章則有如老僧入定，任你風起雲湧，本人不動如山，除非聖上有令。

很快就無事可吹了，韋繼祥才剛起了個頭，殿上就亂成了一鍋粥。

有人就事論事，先說皇上仁愛，心懷天下，再提國庫空虛，辦大事尚且銀兩不足，何來多餘的錢辦免費學院？

也有人語重心長地說，皇上此為大善之舉，可結果卻未必盡如人意，萬一有那不務正業、不事生產的懶惰之人，借由免費學院躲避為人夫、為人子的責任，豈不是加劇了家庭內部的矛盾？

更有人苦口婆心地相勸，歷朝歷代都沒有讓百姓全讀書識字的道理，知書固然達禮，但書讀得多了，就可能滋生妄念，百姓若是不安分了，朝中也不穩不是？

總而言之就是一句話：皇上還是趁早打消這個念頭吧，真不行！

其實不管理由再怎麼冠冕堂皇，背後最重要的原因，在場每個人心裡都跟明鏡似的，那就是「萬般皆下品，唯有讀書高」，豈能隨隨便便就讓百姓有冒頭的機會？

如今的書籍大部分都在世家或貴族家裡擺著，外面廣為流傳的都是些常見讀物，這也是為何歷來科考中進士的大都是世家貴族子弟，鮮少有寒門之子。

他們可不會一廂情願地認為謝長風辦免費學院是鬧著玩的，一旦開起了學院，要不了多久，朝中就會湧出一大批出身寒門的新貴了。

或許這才是謝長風的真正目的，而這觸碰到了在場眾人的逆鱗。

「你們在怕什麼？」

一直等到大夥兒把該說的都說了，孔戟才慢悠悠地冒出了這麼一句。

這句話簡直戳人心肺，當即有人忍不住回道：「將軍這話說得……臣等有何可懼?!」

「既然不怕，為何不敢讓百姓讀書識字？」孔戟的目光淡淡掃過眾人，道：「還當你們是怕家中後輩考不過寒門子弟呢。」

眾大臣不禁瞪大了眼。這這這……瞎說什麼大實話！

「皇上怎麼突然想辦免費學院，是妳的意思吧？」

陸雲箏大大方方承認了。「對啊，這只是開始，將來我還要辦女子學院呢！」

謝敏道：「女子學院？」

「對啊，誰說女子就該被困在後院那方寸之地？誰說女子一輩子就該尋求男子庇護？只要給她們機會，且不說各行各業，哪怕是醉臥沙場、入閣拜相又有何不可？」

謝敏的雙眸漸漸發亮。她在書中見過太多巾幗英雄的故事，卻只敢改變自己，終究沒想過要影響世人，不料面前這個小丫頭竟有如此膽量！

此時謝敏心中頓時生出萬丈豪情，道：「好，妳想要的女子學院是個什麼模樣，與我細細說一說，我先在京城辦一家試試！」

陸雲箏沒想到長公主說風就是雨，這才幾句話的工夫，就要去辦女子學院了。不過轉念想想，倒也是件好事，有長公主的名號，加上她在背後出主意，想必女子學院不至於門可羅雀，應當也能請到有名的才女來當先生。

這麼一想，陸雲箏就來了精神，闡述了自己的想法。男女平等這種事暫時不必去想，哪怕是在現代，也無法真正實現這點，遑論是在古代。所以女子學院教的內容不能太脫離現實社會，否則即便是姑娘們想來，家裡也未必允許，還是循序漸進為佳。

兩人商量了半天，直到一旁的白芷忍不住出聲提醒，陸雲箏這才意猶未盡地停下，聽從勸告躺上貴妃榻休息。

謝敏見狀，略微挑了挑眉。她入宮這麼多次了，何時見過這種情況，再思及近日聽到的風聲，她心裡有了數。

不過，陸雲箏沒提，謝敏便當不知，只是貌似不經意地說：「時候不早了，我先告辭，改日再來。」

「姊姊這麼早就要走了？」每次不都一起用過午膳才走的嗎？

「府裡有事。」見陸雲箏要起身，謝敏忙按住她道：「不必送了，我也不是頭一回來。」

陸雲箏確實有些犯睏，便也不跟她客氣，只道：「姊姊慢走。」

謝敏頷首，轉身離開了。

這場早朝最終不歡而散，謝長風從始至終沒開過口，但在場眾人都明白，孔戟說的話，就代表謝長風的意志。

孔戟戳中了他們內心深處不能見光的晦暗心思——哪有什麼生而平等？那些愚昧百姓，豈能與他們書香世家相提並論？哪怕是新貴之家，也大都覺得自己高普通百姓一等。

再者，朝中官職的數量固定，本就是僧多粥少，若還要讓人口基數最大的百姓來湊熱鬧，那將來世家貴族要想維持榮光豈不是更難了？

「此事非一朝一夕可成，但總能成的。」謝長風道：「真正的世家大族並不在乎旁人讀不讀書，他們有這樣的底蘊，只要給予足夠的利益，他們便會默許這件事，其他人的反對成不了問題。」

謝長風會這麼說是有根據的，沒瞧見譚懷魯和崔鴻白一臉事不關己的模樣？傳承了數百年的士族，從來不愁沒有成器的晚輩。

陸雲箏原沒想到只是想減少文盲而已，竟然遇到這麼大的阻力，不過見謝長風胸有成竹的樣子，她也放寬了心。

「朕欲先建立圖書館，誰願意分享家中藏書，朕就告知造紙術和印刷術。」

一聽到這些話，陸雲箏不禁眨了眨眼。

「圖書館就建在分享藏書的士族附近，還可以他們的姓氏命名。」

陸雲箏心想，論空手套白狼，面前這位值得一個讚。只用一間圖書館的選址和命名權，就要套人家幾百年的藏書?!

至於那造紙術和印刷術，總歸都能分得三成的盈利，給誰都行，就看誰想要了。

第三十七章 烏合之眾

轉眼過了數日，又到了早朝的日子，過去這幾天，大家回去又琢磨了一點新思路，打算再來跟孔戟槓一槓，結果還沒說上兩句，皇上就突然說要建圖書館。

圖書館？皇上不僅僅是要製造他們的對手，連他們的藏書也不放過?!

然而，還不等眾人想好怎麼反抗以及譴責，就見那位年輕的帝王又屈指敲了敲桌面道：「朕這邊有造紙術和印刷術，誰若願意獻出家中藏書，朕欲予之。」

造紙術？印刷術？這這這……

只見崔鴻白立刻躬身道：「臣願獻出崔氏一族藏書的謄抄本萬卷。」

譚懷魯隨即出列道：「臣願獻出譚氏一族藏書的謄抄本萬卷。」

刑部尚書方章也站出來說道：「臣願獻出方氏一族藏書的謄抄本萬卷。」

眾大臣你看我、我看你，頓時陷入一陣沈默，心中奔過各種思緒。

百年世家了不起嗎？一開口就是萬卷藏書！這讓他們只有千本的該怎麼開口跟皇上討要造紙術和印刷術？

還有，這幾位大人為何倒戈得這麼快？最不想讓寒門學子出頭的竟然不是你們？方大人啊，您這會兒又不當泥塑了？

這早朝上得人心力憔悴，還好不是天天都得來，否則得折壽啊……

學院一事似乎就這麼被輕輕地放下了，好像謝長風原本就只是計劃在全國各處開圖書館而已。

然而，廣開圖書館，免費供天下人借閱書籍，實際上受益最大的依然是寒門學子。沒有藏書都能高中的寒門學子們，一旦有機會讀萬卷書，將來前程只怕是不可限量。

可即便心裡清楚這一切都只是皇上的手段，那也是姜太公釣魚，願者上鉤。原因無他，就是那造紙術和印刷術實在教人心動。

圖書館的建設很順利，大都趕在封后大典之前就完成了，至於藏書，世家貴族家中謄抄本原來就不少，捐了就捐了，那些個古籍孤本，也不會真的拿出來。

封后大典那日舉國同慶，各種讚美帝后深情的詩詞歌賦和描繪兩人感情的小本本隨處可見。

在封后大典上，謝長風公布皇后已懷有皇嗣的喜訊，一時之間滿朝文武皆高呼萬歲、熱淚盈眶，他們終於再也不用擔心皇上不肯充盈後宮以致無後了！

九狐山上，呂靜嫻將茶盞摔碎了一地，怒道：「不可能……這不可能！陸雲箏若是能懷有身孕，早就有了！謝長風獨寵她那麼久，肚皮都沒動靜，怎麼現在要當皇后就突然有了？其中定然有詐！」

湛鎮川得到消息趕來以後，看到的就是滿地狼藉，以及那個如同困獸一般在屋裡轉來轉去的纖細身影。自從上了九狐山，呂靜嫻越發纖瘦了。

「靜嫻。」湛鎮川柔聲喚了一句。

呂靜嫻動作一頓，轉身撲到湛鎮川懷裡喊道：「鎮川！我恨！當初我想要為他生子，他罵我卑鄙，如今卻讓陸雲箏有了！」

湛鎮川下意識抱住呂靜嫻，聽她句句哭訴，腦中忽然憶起呂盛安帶兵打進京城那晚。

得知父親起兵失敗，呂靜嫻並未花太多時間就接受了這個事實，哪怕知道整個呂家只有她一人逃過一劫，她也不曾哭得這般傷心欲絕過。

垂下的眼眸裡，翻滾著各樣的思緒，良久，湛鎮川輕聲問道：「妳心裡還惦記著他嗎？」

呂靜嫻的哭聲一頓。

湛鎮川似乎知道自己說錯了話，又道：「莫要哭了，既然知道他無心無情，又何必再惦記。」

呂靜嫻卻搖搖頭，擦掉眼淚道：「他如此待我，我早就對他死了心，只是不甘心。」不甘心這麼多年的付出，在謝長風眼裡卻是怎麼樣也比不上陸雲箏。

「感情的事本就沒有道理，也許只是因為他幼年時先遇到陸雲箏罷了，所以妳才沒了機會。」湛鎮川道：「當年若非那一眼相見，我與妳怕也是無緣。」

呂靜嫻微微紅了臉，說道：「我知道你待我好，在這世上，你是待我最好的人了。」

湛鎮川臉上帶著微笑，心裡卻想：是嗎？那宗鶴鳴呢？還有那自上山以後便不曾出過那間小院的景旭然呢？

在這種情況下，無論呂靜嫻內心有何感想，此刻卻是再也不好當著湛鎮川的面發脾氣了。

湛鎮川岔開了話題，說道：「妳知道鶴鳴近日在籠絡那些御林軍嗎？」

呂靜嫻目光微閃。這事她是知道的，宗鶴鳴總覺得湛鎮川在打壓他，有心想立些功勞讓他看看，可這九狐山上的人都只認湛鎮川，他手裡沒人，想幹什麼都不成，就把心思動到了那些被軟禁的御林軍身上。

看到呂靜嫻的表情，湛鎮川還有什麼不明白的？

「他對我提過想下山去探聽消息，但孤身一人終究不方便。」呂靜嫻斟酌道：「我勸過他，叫他不要心急，但他似乎不太聽我的。」

湛鎮川輕輕摸了摸她的長髮，道：「我不給他人馬，是怕他有去無回，山下看似平靜，但各處要點都有軍隊守著。宗鶴鳴背叛的那個人是孔戟，妳覺得我們如今對上孔戟，有幾分勝算？」

饒是呂靜嫻，也不得不承認。「並無幾分勝算。」

「我不是不想替妳報仇，也不是不想救侯爺，只是眼下還不是最好的時機。」湛鎮川語重心長道：「他們留著侯爺的命就是為了等我們羊入虎口，越是如此，我們越不能輕舉妄動，一旦失敗，那就再也沒機會了。」

沈默片刻後，呂靜嫻道：「我知道，我會再去勸勸他，要他不要胡來。」

湛鎮川柔聲道：「辛苦妳了。」

兩人又說了些話，湛鎮川便離開了，只是轉過身的剎那，他臉上的柔情瞬間消散，只剩下一片冷然。

「妳這孩子，怎麼連母妃也瞞著！」話雖如此，煜太妃卻是笑意盈盈，可見得並不在意被瞞了這麼久。

陸雲箏有些歉然地說：「原本想告訴母妃的，可兒臣這身子……您知道的，我們自己都不安心，不想連累母妃跟著擔憂。」

煜太妃拉過她的手，輕輕拍了拍道：「母妃知道你們都是孝順的孩子，就是順口提一句罷了，別多想。」

陸雲箏笑著應了。

「雖然過了三個月，也還是要仔細些。多聽聽陸太醫的建議，天氣也熱起來了，沒事別到處跑，太后那邊母妃去幫妳說，母妃這裡妳也別來，得了空，母妃就會來看看妳。」

「母妃說得是。」謝長風走了進來，說道：「朕與母妃商議過了，後宮之事暫由母妃代理，妳安心養胎。」

陸雲箏道：「這樣會不會太辛苦母妃了？」

煜太妃笑道：「辛苦什麼？後宮總共也沒幾個人，事情不多。」

聞言，陸雲箏就不再多說什麼了。煜太妃還年輕，比起整日悶在宮裡，有個差事能忙反倒對她好，而且後宮這些雜事陸雲箏光想就頭痛，有人代勞再舒心不過。

這件事就這麼定下了，倒是煜太妃又問起了旁的。「圖書館狀況怎麼樣？可有人借書看？」

謝長風回道：「有，譚氏、崔氏和方氏的圖書館日日爆滿，想將書借閱出去都不容易。那三間圖書館已經在天下讀書人中傳開了，著實讓他們博了一回美名，門客也多了不少，其他士族不甘落後，陸續有不少人上書想要開圖書館了。」

陸雲箏對這個情況毫不意外，只要他們領略了其中的道理，就會發現這是良性的循環，到最後，獲利的可不就是天下百姓了？

夏日來臨之際，京城發生了一件大事，長公主竟然開了一間女子學院，整個京城頓時一片譁然。

謝敏說道：「比想像中來了更多學生，但大都是家中不受寵的庶女。」

聽到這句話，陸雲箏很快就猜到了緣由，怕是看到長公主跟孔載走得近，想套個交情，卻捨不得家中嫡女，最後選了些不重要的庶女過來。

陸雲箏都猜得到，謝敏又豈會不明白，她哼了一聲道：「竟敢小瞧本宮，遲早教他們刮目相看！」

「既然來了，那便好好教吧，她們也是身不由己，若有腦子好的，能抓住這次機會，將來為自己爭個更好的前程，也不枉費我們一番心思。」

謝敏點點頭道：「是這個道理。」

萬事起頭難，更何況想要打破傳承多年的封建思想，更是難上加難。所幸陸雲箏野心並不是太大，她只是想盡綿薄之力，在眾人心中撒下進步的種子，這個國家的未來還得靠大家共同努力，就如同長公主這般。

謝敏也清楚情況不會那麼容易改變，抱怨兩句便轉移了話題。「天氣越來越熱了，妳受得住嗎？要不要去別苑待著？」

陸雲箏也熱得慌，但還是回道：「算了，來來去去也夠折騰的，宮裡多放點冰就能撐過去了。」

「倒也是，妳整日在宮裡，若是閒著無趣，就遞句話，姊姊來陪妳說說話。」

陸雲箏笑道：「姊姊來回跑，豈不是更熱？我可捨不得。」

日子就這麼一天天過去，陸雲箏住在宮裡，除了吃就是睡，看著自己的肚子一天天大起來，身子也漸漸圓潤，覺得自己過得跟豬基本上沒什麼區別。

謝長風記著陸北玄的話，每日趁早晚涼爽之際陪陸雲箏在院子裡四處走動，這對她將來生產有很大的幫助。

陸雲箏其實根本不想動，但也知道在醫學還不夠發達的古代，生孩子要冒很大的風險，該動還是得動。

「學院的事有些眉目了，但還不到時候，朕想等孩子出世之後再說。」

「這麼快？」

謝長風笑著捏了捏她的臉道：「朕答應過妳的，自然會記在心上。」

某日，陸雲箏從系統那邊得知男、女主角生了嫌隙，九狐山上都已經亂了兩回了。系統的語氣頗為感慨，似乎認為陸雲箏明明什麼都沒做，卻在短短一年內將劇情更改至此，說是「躺著贏」也不為過，實在是它帶過最輕鬆的一位宿主。

陸雲箏嘴角帶笑道：「你也承認我讓人省心對吧？」

系統一不小心暴露了心思，想反駁幾句，可掃描到她圓滾滾的肚皮，又默默忍住了。

【還望宿主再接再厲。】

陸雲箏打趣地問道：「你是不是被別的系統穿越了？」

【宿主還想知道男、女主角的情況嗎？】

陸雲箏輕輕賞了自己一個小巴掌，說道：「我錯了，請繼續！」

呂靜嫻在面對那些男人的時候，向來優柔寡斷、欲語還休，這使原本就對湛鎮川不滿的宗鶴鳴更加認定心愛的女人受了委屈，心想她或許還被湛鎮川威脅，所以不得不在表面上妥協。

沒人知道呂靜嫻到底有沒有看出宗鶴鳴的想法，但是從她的言行舉止，陸雲箏覺得她應當看出來了。這個女人太有野心，也不是戀愛腦，畢竟戀愛腦可養不了一塘的大魚。

許是看出湛鎮川想要暫時蟄伏、等待時機的心思，呂靜嫻心中有所不滿吧。她的家人還被關在牢裡，好歹也要試試看能不能救出來，但湛鎮川覺得機會不大，不想再損失人馬，兩人幾番針對這件事進行討論，都沒結果。

所以呂靜嫻轉而押寶宗鶴鳴並不奇怪，正好他也不甘於窩在九狐山當山匪，還是被湛鎮川壓著出不了頭的山匪，連孔戟都不服的宗鶴鳴，會服湛鎮川？

宗鶴鳴說動了不少成為俘虜的御林軍，在九狐山發動了兩次內亂，雖說都以失敗告終，但也傷了湛鎮川的元氣。再加上呂靜嫻明裡暗裡地護著，湛鎮川如今已將他視為眼中釘、肉中刺，急欲除之而後快。

只不過，景旭然居然沒摻和他們的事，他不是湛鎮川的頭號軍師嗎？

陸雲箏不禁面露嘲諷。在原來的小說中，景旭然願意當頭號軍師，那是看湛鎮川有望稱帝，他有從龍之功，可現在的湛鎮川不過是個山匪頭子，哪裡值得眼高於頂的他鞠躬盡瘁？

【可儘管如此，景旭然也不至於整日思念前妻吧？】

「不然呢？他敢說自己後悔了嗎？」陸雲箏冷笑道：「宗鶴鳴至少知道自己要什麼，失敗了也沒自怨自艾，而是一條路走到黑。唯有他，當初背叛冷落妻子的是他，如今說思念妻子的也是他，真是噁心至極！」

得知九狐山的現狀，陸雲箏更加放鬆了，還有什麼比男一跟男二翻臉對槓更精彩的好戲呢？

夏日炎炎，邊關新城的建設放緩了腳步，若是陸雲箏在這裡，怕是要大吃一驚——新城的灰色水泥城牆高大威武，有種說不出的肅穆感；四四方方的城內，以城主府所在的中軸線為基礎，兩邊建築對稱、排列整齊，每個區域的用途都劃分明確，嚴格按照圖紙上的模樣建成，可說是理想中的古城。

鄭衍忠站在城牆上，看著規劃整齊的新城，由衷讚嘆道：「這座城可真他娘的好看！也不知道是誰畫出來的圖？」

站在他身旁的莫啟恩難得贊同他的話。「鬼斧神工。」

兩人俯首看著城內人來人往，雖然熱得讓人汗如雨下，可每個人臉上都帶了一股蓬勃的朝氣，與去年剛來時那種死氣沈沈的樣子截然不同。

「那是自然，去年來時，這裡還是一片荒地。」

「可不是，我還當我活不過臘月呢。」

「以前作夢都沒想到能住進這麼好的房子、待在這麼好的城裡。」

「誰不是這樣呢？不說了！我得趕緊去幹活兒，好早日還清房貸！」

這樣的對話時常在新城裡出現，還有互相交換招工消息的，有合適的活兒，大家都會積極參與。

王大牛上個月租了間鋪子，賣的是他從關外帶回來的貨物，都是些便宜但新奇的小玩意兒，生意竟然還不錯，他打算再攢些銀錢，湊夠借貸買房的最低數額，就去把那間鋪子給盤下來。

這些日子以來，王大牛跟著商隊去關外跑商，學到了不少東西，那位年輕人還讓他學習怎麼接待客人，幾次下來，他越發游刃有餘，能承擔更重的責任，也更受那位年輕人器重。

王大牛之所以會想到租一間鋪子，也是受那位年輕人指點，否則他哪裡敢帶貨回來？不過他賺了錢也沒忘本，拿出一半盈利分給那位年輕人，還有與他同行、幫他帶貨回來的孔家軍們。

無數次午夜夢迴，王大牛都慶幸當年在孔將軍面前鼓起勇氣喊出的那一聲，否則他們哪會有今日這大好日子？

提起孔將軍，他已經返京好一段時間了，大家私下都在猜測他會不會留在那裡不回來了。

「殿下想要臣留在京城嗎？」

謝敏撇過頭道：「你去哪裡與本宮何干？」

「那殿下想去關外看看嗎？」

謝敏想也不想地就回道：「不想！」

「關外新城如今建得比京城還要好，殿下不想親自去看看？」

謝敏抿了抿唇，依舊道：「不想！」

孔戟輕嘆一聲道：「那臣也只能留在京城了。」

聽到這句話，謝敏不禁心下微顫。除非皇上有要事，否則這個人便賴在她身邊，趕都趕不走，如今竟還想將她拐到邊關去……早知如此，何必當初？但凡早個兩年，她也不會這麼狠心！

見到謝敏的表情變化，孔戟垂下雙眸，掩去眼底的一絲笑意。

第三十八章 欣欣向榮

夏日最是燥熱不過，加上如今身子重，火氣更旺，陸雲箏簡直恨不得弄兩身背心、短褲來穿穿。

許是天氣太熱，各部尚書們也適當削減了工作量，謝長風連帶著可以喘口氣、偷個閒，陸雲箏不由得調侃。「屬下工作起來太上頭也不是件好事啊！」

「邵大人近來都在繪製通衢的路線，他還想大興水利，但崔大人不願意。但凡水利之事，都是大人工程，勞民傷財，總要等百姓休養生息個夠，否則只怕身子吃不消、心生埋怨，這樣豈非平白起禍事、欲速則不達？」

陸雲箏道：「是這個道理，先修路也不錯，路修好了，百姓趕路方便，將來運輸物資也更省時省力。」

謝長風看了她一眼，說道：「妳可知他想重修全國的官道？還都要鋪上水泥！」

陸雲箏問得一臉天真。「所以皇上又缺銀子了嗎？」

「朕這都是為了誰？嗯？」

陸雲箏理直氣壯地回道：「當然是為了天下百姓，為了皇上的千秋偉業！」

謝長風不禁失笑道：「是，都是為了朕自個兒。」

陸雲箏輕笑著說：「也就是現在缺錢，等過個幾年，皇上的銀子就要多得花不完啦！」

其實哪怕是現在，也沒之前那麼缺錢了，畢竟玻璃啊、水泥什麼的，有許多盈利能進謝長風的口袋，無非就是把銀子從國庫搬到私庫，然後再從私庫補貼國庫罷了。

「對了，葡萄熟了。」陸雲箏說著，就想起身去摘一串來嚐嚐，天知道她盼了多久。

謝長風攔住她道：「妳躺著，朕去摘。」

陸雲箏從善如流地躺了回去，眉開眼笑道：「那就有勞皇上啦！」

謝長風俯身親了她一記，轉身去為她摘葡萄了。

也許是經常碰面的緣故吧，季十五如今已經不怎麼怕謝長風了，見他想親手摘葡萄，還教他要用剪的才省力，她先前可沒少剪過呢。

系統出品的葡萄，品質自是沒得挑，一顆顆紫色果實簇擁成團，粒粒圓潤飽滿，看著就讓人唇舌生津。

陸雲箏拿起一顆葡萄，親手剝了皮遞到謝長風嘴邊，等他吃下以後，她便睜著滴溜溜的眼睛問道：「好不好吃？」

謝長風側過身吻住了那張誘人的紅唇，勾著舌尖纏綿良久，才稍微退開，貼著陸雲箏的唇低聲問：「甜不甜？」

陸雲箏喘著氣，好一會兒才回過神來，忍不住捶了謝長風一記，罵道：「不正經！」

謝長風笑著又親了幾下，趁陸雲箏發怒前坐直身子，任勞任怨地剝起葡萄，餵到她嘴裡。

口中滿是心心念念的葡萄，陸雲箏覺得人生都圓滿了，懷孕的人大都偏好酸口，這葡萄甜中帶了一點酸，別提有多對胃口了。

當產季的最後一串葡萄全部進了肚子時，陸雲箏幽幽地嘆了口氣。

謝長風見狀，輕笑道：「待明年多種些。」

陸雲箏瞄了他一眼，說道：「也許明年我就不饞了。」

如今謝長風也算是切身體會到懷孕女子性情與喜好多有變化，只能好聲好氣地哄著。「如今天氣已然轉涼，也不宜多食葡萄。」

聞言，陸雲箏又嘆了口氣。

這嘆息聽得謝長風心頭發緊，趕緊岔開話題，細細說起了近日朝內外發生的事。

秋闈已經結束，此次招錄的舉人人數較往年增加了一倍，有不少出身寒門的學子中舉，其中少不了那些圖書館的功勞。

學院的事暫且沒有實際進度，但有幾間圖書館附近建了書舍，供大家讀完書後交流研討之用。本是無心之舉，卻大受歡迎，經過了一些時日，不論是世家子弟或寒門學子，學問淵博或學習經歷尚淺者，皆獲益良多。

吏部尚書黎興得到消息，立刻在各處圖書館周圍推廣書舍。他先前強硬拒絕了皇上想廣招舉人的提議，怕就此被惦記上了，於是在其他事情上討巧。

見謝長風的態度不置可否，黎興一顆心顫了顫，覺得自己八成已經上了黑名單。

工部尚書邵允在外奔波了數月，邊關已由新城為起點開始鋪官道了，據說鋪得寬敞又整齊，足夠並行六輛馬車，運輸起物資來那叫一個方便快捷。

到了這會兒，大家都知道孔家軍在生產玻璃、水泥等物品，但見到邊關新城的繁榮，再想想整個國家這些日子以來的改變，一眾大臣們竟也沒多說什麼。

眼下最重要的，就是大家同心協力開創盛世，至於未來會變成什麼樣子，那是下一代君臣該操心的事，輪不到他們煩惱。

崔鴻白這一年多就沒閒著，衣裳常穿不到三個月就得改小，人是瘦了，但精氣神卻比往年好了不少——能不好嗎？成天被人追著討要銀子！

工部就不提了，那幫小老兒就沒讓人省心過；兵部也是個吞金獸，年年要軍餉，如今還要換新武器，換一、兩批打造精銳部隊以防萬一也就罷了，竟妄想全國的軍隊都有新武器拿？顏克勛這是被邵允傳染了「不討錢辦事就會死」病吧?!

沒看到關外的商人一波一波地過來想跟我們做生意嗎？換什麼兵器啊！把銀子留著擴大生產再掙更多的銀子不香嗎？

顏克勛哪裡肯罷休，跳著腳鬧道：「目光短淺！正是因為關外的人來了，才要用最鋒利的武器加以震懾，讓他們不敢動歪心思！你給老夫老老實實拿銀子來就是了！」

邵允也回過神來說道：「什麼叫被老夫傳染了?!有本事你別走老夫鋪的路！」

崔鴻白一個頂兩個，不落下風地說：「有本事別來問老夫拿銀子！」

「少安勿躁，有事好好商量。」黎興慢悠悠地勸了一句，又道：「我們最近正在推廣書舍，還請崔大人行個方便。」

聽了這話，崔鴻白差點沒拿東西往黎興身上砸過去。

這麼看了一圈，還是刑部尚書方章最讓人省心，每次上朝時都好似一尊蠟像，除非必要，絕無多餘的動作或言語。

見謝長風模仿得維妙維肖，陸雲箏笑歪了身子道：「這些人都一大把年紀了，就這麼在朝堂上爭吵嗎？」

謝長風也笑了起來，說道：「朕以前也沒想到他們如此有趣。」

陸雲箏忽然想起什麼，露出一個壞笑道：「方大人很快就要討銀子了吧？」畢竟監獄建設也是一筆不小的開銷啊！

「錢袋子可不是那麼好管的。」謝長風深以為然。

「馬上就要秋收了，今年應該不會再有人餓肚子了吧？」

謝長風輕輕撫了撫陸雲箏鼓起的肚皮，柔聲道：「不會了，工部前些日子幾乎跑遍了全國，偏遠或貧困之地都記錄在案，等秋收過後，會派人去勸說當地百姓遷徙，去附近的縣城或去邊關都行。」

陸雲箏點了點頭。對於那些居住在閉塞之地的百姓，確實要趁早勸他們遷出來，一來有利於脫離貧困的處境，二來也能避免人數過少而導致近親結婚的情形。

「此外，舅舅還命人在邊關建了兩所學院，其中一所是女子學院。」

陸雲箏有些不解地問道：「這是？」

謝長風笑了笑，說道：「許是想請皇姊去邊關看看。」

「舅舅還是想回邊關去嗎？」

「倒也未必。」謝長風道：「只是皇姊不願意與他成親，總要想想其他法子。」

陸雲箏抿了抿唇道：「姊姊還是顧忌旁人的看法，他們到底差了一輩。」

若謝長風只是個閒散王爺就算了，偏偏他是皇帝，一舉一動都會被放大檢視。一個是皇上的長姊，一個是嫡親的國舅爺，若他們大張旗鼓地在一起了，確實難杜悠悠眾口，哪怕是謝長風，也不能下旨賜婚。

「在京城，皇姊斷然不會應下這門親事，若是去了邊關，倒有幾分指望。」

陸雲箏不由得嘆了口氣。那兩人兜兜轉轉這麼多年，難得能不忘初心重新來往，可即便如此，仍舊為世俗的眼光所困……

「京城女子學院，來的大都是心懷不軌之人，妳若想辦真正的女子學院，就要去邊關，那裡才能招到有心求學的寒門女子。」

這些日子以來，孔戟與謝敏已撤下君臣的藩籬，以最自然的方式相處了。

孔戟說的謝敏自然懂，但她就是不想稱了他的意。這幾個月以來，孔戟閒來無事就哄她一道離京，若非她意志堅定，只怕早就跟他跑了。

曾經，她等了一年又一年，過了這麼久才把人給抓回來，憑什麼那麼輕易就原諒他？

孔戟抓了長公主一小撮秀髮，在他修長的指尖上纏繞，輕聲哄道：「不想看看邊關的風光？那是與京城全然不同的景致。妳曾說厭倦了京城的虛偽繁華，想瞧瞧書中描述的美景，今後妳想去哪裡，我都陪妳去，可好？」

這番話聽起來深情繾綣，可謝敏卻淡淡道：「如今的京城已經是我喜歡的模樣了。」

孔戟也不惱，笑道：「邊關的新城建好了，皇上賜給我五間鋪子，要不要把京城的鋪子開過去？」

謝敏挑眉道：「皇后送了我一條街的鋪子。」

孔戟聽了，一時無語。

這便宜皇外甥，真是不要也罷！

眨眼間，天就涼了，今年秋收的糧食比去年多了四成，幾乎快要趕上往年正常的量了，朝廷眾臣們總算大大地鬆了口氣。畢竟連年天災、年年減產，造成的後果可不僅僅是糧食危機，還容易讓人聯想到國運衰敗。

秋收過後，國庫再度充盈，崔鴻白感覺自己好似被惡狼盯上的綿羊，他摸了摸長鬚，趕走心底這點莫名其妙的念頭。

菜籽油在秋收後獲得大肆推廣，先前被勒令種油菜花時還有些不情願的百姓們，如今嚐到了甜頭，紛紛盤算著來年可以多種點油菜花，哪怕自家捨不得榨油吃，拿去賣銀子也行。

馬鈴薯的產量格外高，等到明年春耕應該就能普及全國各地，說不定秋季就能出口了。

按照工部尚書邵允的規劃，官道從邊關開始修葺，接著是京城，如今水泥路已經鋪在四個州的主幹道上了，等全國的主幹道修完，再往各縣城修。

臘月的第一個早朝，向來話不多的刑部尚書方章上了摺子，要求修改律法。

崔鴻白眼皮一跳，直覺大事不妙。果然，下一刻就聽方章表明想修改量刑以及對犯人的懲治，為了達成這個目標，要修建全國的監獄，讓犯人們白日以工抵過，晚上學習禮義廉恥，好洗心革面。

雖說上的是摺子，但已經規劃了詳細的內容，可說是循序漸進、近乎完美，饒是挑剔如崔鴻白，一聽也覺得這提議相當合情合理，必須馬上落實。

在場的一群人都懵了——方大人這是怎麼啦？是否受了什麼刺激？

禮部尚書辜繼祥有種被背叛的感覺。說好我們要一起當閒散大臣的，你突然這麼上進，讓我情何以堪？多年來的同僚情誼呢？

唯有大理寺卿龔至卿抬頭望天。千萬不能小看悶葫蘆啊，聰明的懶人一旦勤快起來，簡直不給人活路！

最終，這個議案一次通過。

一直到年底，孔戟都不曾說動長公主，只得歇了心思，安心在京城籌備新年。到了這會兒，他其實也不太想離京了，畢竟他的小外甥孫即將出世，不論是男是女，他都很期待。

天氣越來越冷，陸雲箏的肚子也越來越大，煜太妃終於坐不住，搬到了怡心宮。

太后大部分時間都待在仁壽宮養身子，立冬之後還免了陸雲箏的請安，對於她腹中的孩子，太后還是有所期待的。

謝長風去年沒在宮裡擺國宴，今年卻不能再不辦了，這一年來，朝野上下的變化清晰可見，大臣們幹得好，當皇上的當然要獎勵一下。

比起去年賞一些中看不中用的擺件，今年謝長風實在多了，直接拉出一箱箱真金白銀，一人賞了一箱，宴會的氣氛瞬間熱絡了起來。

陸雲箏雖然身子重，精神卻不錯，這會兒聽著大臣們激動高呼，她也笑得明媚開懷，此情此景，讓她想起了前世公司辦尾牙的場面。

有前途的集團，可不就是員工們各司其職、群力群策；領導知人善用、御下有方嗎？如今的謝氏王朝，算是脫胎換骨了。

就在整個京城喜氣洋洋的時候，九狐山上的新年過得可不太平。

偌大的廳堂裡擺了數十桌酒席，每張桌上都放滿了雞鴨魚肉，本該是大快朵頤的時刻，卻沒有一個人動筷子。

湛鎮川的表情再也不見平日的溫柔和煦，他的目光淡淡掃過眾人，緩緩道：「九狐山收留的，都是被世道逼得走投無路的可憐之人。國有國法，寨有寨規，你們進山的那日就該知道，山寨不許自相殘殺。」

他一頓，接著又道：「宗鶴鳴，你在所有人齊聚一堂的時候，往飯菜裡下毒，其心可誅！」

此言一出，原本還時不時對著桌上飯菜流口水的人都齊齊後退了半步，憤怒的眼神直逼被人壓在上首桌面上的宗鶴鳴。

這段時間以來，因為九狐山幾個出入口被朝廷派人蹲守，大夥兒不能輕易下山去打牙祭，只靠山上種植的食物過日子，雖然不至於餓肚子，但吃得並不算好，好不容易盼著年夜飯能大快朵頤，結果竟然被下毒了？這還是人幹的事嗎?!

宗鶴鳴的計謀被拆穿，心知今日之事無法善了，冷笑一聲道：「我只給你這一桌下了毒，旁人的我可沒動！」

湛鎮川淡淡回道：「事到如今，誰敢信你的話？」

宗鶴鳴冷聲道：「成王敗寇，要殺要剮，悉聽尊便。」

「好，那就按九狐山的規矩來。」

呂靜嫻匆忙趕到的時候，宗鶴鳴已經被壓著往外走了，押送的人看到她，說道：「小姐，宗鶴鳴往飯菜裡下毒，犯了寨規，本該被處死，但寨主念及他並未造成傷亡，決定將他逐出九狐山。」

「不可以！」呂靜嫻斷然道：「這其中定有誤會，你們且等一等，我先去問問情況。」

「小姐，他都親口承認了！」

「靜嫻。」宗鶴鳴叫住了她。「不必去了，他本就容不下我，妳不要為了我與他爭辯。我走了以後，妳自己要多加小心。」

呂靜嫻搖了搖頭，眼底泛起一層水光。

宗鶴鳴又道：「他根本無心救人，只想保全自己。事到如今，我竟覺得也不錯，至少他能保妳平安順遂地度過餘生。」

呂靜嫻怒道：「誰要在這荒山野嶺苟且偷生！」

她一說完，四周瞬間陷入一片寂靜。

湛鎮川不知何時走了過來，說道：「妳醉了。」

呂靜嫻回過神，知道自己失言了，她張了張口，想辯解兩句，可話到嘴邊，卻又覺得蒼白無力得很，最終身子晃了一晃，任由兩位婦人將她攙扶離去。

湛鎮川看向宗鶴鳴道：「你滿意了？」

宗鶴鳴也沒想到呂靜嫻居然會是這種反應，他原本只是想在離開之前在他們兩人之間再添根刺，並未想過讓呂靜嫻為了他與九狐山眾人反目。

遙遙看著那三人，景旭然扯了扯嘴角，眼神露出一絲嘲諷。

第三十九章　塵埃落定

沒過幾天，九狐山上發生的事就傳進了陸雲箏的耳朵裡，其實她早就從系統那邊看到了好戲，但沒想到謝長風也這麼快就知道了。「皇上如何得知？」

「舅舅偷偷上去過，被俘的御林軍當中有他的暗樁。」

陸雲箏不禁說道：「舅舅可真是厲害。」

「不過將九狐山上的一切和盤托出的，是景旭然。」

「他這是想要將功抵過？」

謝長風頷首道：「他還給了一份九狐山的防禦布陣圖。」

景旭然此人確實是個良才，可惜能力與人品並不一定成正比。

陸雲箏忍不住冷笑。這世上的事就是這麼諷刺，萬般求不得的時候，連命都能不要，如今人就在身邊了，卻又棄之如敝屣。

謝長風道：「九狐山內亂已起，湛鎮川為了得人心，沒有殺宗鶴鳴，看樣子是打算等他再次出手的時候當場斬殺。」

「宗鶴鳴應當也懂這個道理吧？」
「但他無路可走。」
陸雲箏了然地點了點頭。眼下除了九狐山，已經沒有其他地方有宗鶴鳴用武之地了，他當初背叛了孔戟，顯然野心頗大，自然不會甘心東躲西藏過一輩子。
可湛鎮川就不一樣了，他固然有野心，卻更有自知之明，能當天下霸主自然好，若是不能，當個九狐山的寨主也不錯，否則那晚呂盛安帶他打進皇宮時，他不會那麼輕易就帶呂靜嫻離開。
謝長風道：「待妳腹中的孩兒出世，朕欲派人前去招安。」
陸雲箏眨了眨眼道：「好，九狐山上有不少人呢，那可都是珍貴的勞動力啊！」
謝長風不由得輕笑道：「皇后娘娘說得在理。」
二月初二龍抬頭，陸雲箏順利誕下嫡皇子，母子均安，舉國歡騰，謝長風更是欣喜不已，連下了幾道聖旨：其一，減免三年賦稅；其二，在全國各州各省開設鹽鋪，一包鹽只要五文錢；其三，將修建大型水利工程。
第四道，也是最後一道，則是對各地匪徒發出的，三個月內，只要主動投誠，所犯過錯均可從輕處置，且能以工抵過。若不就範，三個月之後，孔戟將親自領兵，清掃國內所有匪患。

陸雲箏神情疲憊地躺在床上，雙眸中卻閃耀著光芒。雖說過程辛苦了些，但能順利生下孩子，就是最大的喜事。

謝長風輕手輕腳地走過來，正巧對上一雙晶亮的眼眸，他頓了一下，隨即快步走到床邊道：「怎麼還不睡？可是哪裡不舒服？」

剛生完孩子，當然是哪裡都不舒服，不過陸雲箏知道他的心意，只道：「我沒事，就是想看看孩子再睡。」

謝長風下意識地蹙了蹙眉。

陸雲箏心頭一跳，緊張地問道：「孩子怎麼了？」

「別多想，孩子好好的，瞧著也挺健壯，就是……醜了點。」

陸雲箏不放心地說：「抱來讓我瞧瞧。」

謝長風只得命人將出生不久的兒子給抱進來。

小傢伙剛生下來的時候哭了幾嗓子，這會兒被打理乾淨、裹上包被，正睡得香甜，只是全身上下泛紅，皮膚還皺巴巴的，頭上沒幾根毛，甚至看不清楚有沒有眉毛，確實是醜得很。

陸雲箏看了他幾眼，終究還是別開了頭。

見到她這模樣，謝長風不禁失笑道：「都說剛出生的孩子就是這副模樣，等過陣子長開了就好了。」

陸雲箏聽過這種說法，也跟系統確認過了，頓時放鬆不少，心想這終究是自己的兒子，可不能太嫌棄他，於是伸手輕輕拍了拍他的包被，拍著拍著，也沈沈睡了過去。

看著他們母子一起入睡的溫馨場面，謝長風的眼底滿是柔情。

陸雲箏房裡這方小天地寧靜安祥，外頭卻是熱鬧非凡、討論聲不斷。

皇長子呱呱落地，牽動無數人的心，也承載了無盡的期盼，就連鬥了數十年的太后和煜太妃都很有默契地握手言和，開始商量起這樁大喜事該如何慶祝與操辦。

等到謝長風從房裡出來的時候，她們兩人甚至已經在商量該選誰進宮來教導太子了。

按理說陸銘是最合適的，然而做祖父母的哪個捨得對孫兒嚴格，萬一教出個任性妄為的紈袴子弟來，那可就大大不妙了！同理，由孔戟來教導兵法騎射極好，但萬一他是個慣孩子的……

謝長風一時無語。剛剛不是還在討論洗三禮嗎，進度也太快了吧？「母后、母妃，孩子還小，福氣太大，未必受得住。」

煜太妃一聽，立刻回道：「是這個道理。」

太后頷首道：「確實，皇上還年輕，不必急於立太子，只不過該教的還是要教。」

「兒臣明白。」

裕太妃又問：「那麼皇上覺得該請誰來教導才合適？」

若不是礙於對方是長輩，謝長風真想回她們：朕覺得找誰來都行，但母后和母妃肯定不行！

湛鎮川走進房間的時候，就見呂靜嫻靜靜坐在窗邊，看著窗外漸漸冒出新芽的枝葉，彷彿未察覺身後多了一個人。

自從除夕夜之後，呂靜嫻就再也沒有出現在九狐山眾人面前，起初是湛鎮川讓人攔著她，後來便是她自己不願出去。

兩人已經有好些日子不曾相見，呂靜嫻似乎更清瘦了。

湛鎮川走到她身旁不遠處，低聲說道：「皇上想招安九狐山。」

呂靜嫻猛地回頭道：「你想被招安?!」

湛鎮川沒有回答她的問題，只道：「皇后誕下皇子，皇上大赦天下，若接受招安，過往所犯之錯可從輕處置。」

「這話你相信嗎？」呂靜嫻的嗓音雖然沙啞，可音量卻不小，或許是被陸雲箏誕下皇子一事給刺激到了，她的臉色著實說不上好看。「我們幹的可不是小事，是謀逆的大罪，豈是能從輕處置的？就算謝長風肯，滿朝文武大臣願意嗎？」

湛鎮川靜默良久，才道：「若不接受招安，三個月後，孔戟會親自領兵攻打九狐山。」

「讓他來！」呂靜嫻倏地站起身，盯著湛鎮川的雙眸，一字一句道：「九狐山易守難攻，饒是孔戟來了又如何？難道他能飛天不成？還是說……你怕了？」

湛鎮川暗道：誰人不怕孔戟？戰神之名是他用一場場大勝換來的，是敵人用鮮血和性命澆築出來的，誰敢說不怕？九狐山有天險又如何？若孔戟一聲令下，直接放火燒山，他們一個都跑不掉！

不過這些話已經沒必要跟面前這個女人說了，即便說了，她也聽不進去。

湛鎮川只道：「此事事關重大，我不能擅自決定。」

「那你打算如何？」

「十日後，我將召集九狐山上所有人共同表決。」

呂靜嫻怒道：「你這分明就是想投誠！」

因為去年呂盛安謀反失敗，他們的人馬跟著折了大半，剩餘的大都是湛鎮川帶回來的。目前九狐山上老弱婦孺占了將近一半，這些人基本上沒有生產力，至於那些御林軍，有不少人死活不肯歸順九狐山，被當作籌碼養在那裡，餓不死但也吃不飽。

這樣一群人共同表決，想也知道最終結果會是湛鎮川想要的那個。

湛鎮川沒解釋太多，對於招安這件事，他並不排斥，比起永遠躲在九狐山上，他更希望能走遍三山五岳。他是不相信謝長風，但帶旨意來的人是孔戟，他信他！

呂靜嫻眼中的火光越燒越烈，喊道：「我爹還被關在大牢裡，生死未卜，你就要接受招安，讓我爹做何感想？又置我於何地？」

湛鎮川道：「妳若嫁我，便是湛呂氏。」

「那我爹呢？他曾經救了你一條命啊！」

湛鎮川緩緩道：「我正在救妳的命。」

呂靜嫻一頓，隨即笑了起來，笑著笑著，哭了。

湛鎮川輕嘆一聲道：「妳好好考慮吧。」

對於湛鎮川的選擇，陸雲箏並不感到意外。在夢裡，這個人雖說是男主角，但似乎一直很清楚自己有多少斤兩，他最終能登上皇位，也是各種機緣巧合下的結果。

至於呂靜嫻，機關算盡，甚至不惜將原本屬於呂家的皇位交給湛鎮川，只為了成為新國的皇后。

這一回，湛鎮川沒了各種機遇，跟宗鶴鳴也成為死敵，顯然已經不可能成就霸業，謝長風不過是遞了根小小的橄欖枝，他就立刻接住了，果然是個極致的利己主義者。

陸雲箏搖搖頭道：「呂靜嫻怕是要氣死了。」

謝長風道：「湛鎮川想保住她。」

陸雲箏笑道：「那就讓他保嘛。」反正兩個都不算好人，乾脆綁在一起吧。

見陸雲箏當真不介意，謝長風的語氣也隨意起來。「此事朕已全權交由舅舅處置。」

兩人正說著話，聽說小傢伙醒了，忙叫嬤嬤抱了進來。

過去了大半個月，曾經看著跟一隻小猴子似的小傢伙眉目長開了不少，皮膚也變得粉嫩，瞧著順眼多了，只是距離白白胖胖還有很大一段距離。

陸雲箏被攙扶著坐起身，抱過孩子，準備餵他奶。到底來自現代社會，陸雲箏知道不論是讓孩子喝母乳或母親親餵，對母子雙方都是好事，所以想自己儘量餵一陣子試試看。

沒想到這個決定讓眾人感動到不行，畢竟在這個時代，富貴人家的母親很少願意這麼做，更別提堂堂的皇后了。

唯獨謝長風有些不滿，尤其原本專屬於他的白桃此刻正被小傢伙一口包進嘴裡，吸吮得一臉滿足，小腦袋還一點一點的。

謝長風坐到床沿，將陸雲箏攬進懷裡，長臂一伸，指尖在另一側胸部徘徊，他側過頭咬住她的耳垂，低喃道：「真是便宜這小子了！」

陸雲箏兩手不得空，無奈地說道：「這是您的兒子，他的醋您都吃？」

「是妳太偏心，若妳讓朕也嚐嚐，朕便不吃醋了。」

陸雲箏不知想到什麼，羞得臉都紅了。「兒子在聽著呢，您胡言亂語些什麼?!」

謝長風本想再說個兩句，但見陸雲箏面紅耳赤，心知不能把人惹急了，只得湊過去又細細親了親。

陸雲箏想動又不能動，都快被氣笑了，等到小傢伙吃飽喝足、再度沈沈睡去時，才將孩子交給嬤嬤抱去休息。

轉過頭，陸雲箏就要找某人算帳，卻被先一步按進柔軟的被褥裡，狠狠親了個夠。

這個某人要不是皇上，得被打出去……不對，即便是皇上，也不行！

陸雲箏拿謝長風沒法子，果斷跟長輩告了狀。太后和煜太妃分別把謝長風叫到跟前好好說了一番，只差沒把其他妃子脫光光送到他床上去了。

謝長風憋了一肚子火，不能衝著自己的兒子發脾氣，還不能衝著別人嗎？

於是，一眾大臣有一種被人舉著鞭子在後頭驅趕的感覺——皇上這是喜當爹，所以更加勤政了嗎？

崔鴻白的算盤珠子都快敲碎了，國庫裡就那麼點銀子，哪裡夠這麼多項的大筆支出？

譚懷魯忍不住又打起了致仕的算盤，結果謝長風一個眼風掃過去，他就被派去督察今年的春闈了。朝中上下急需透過春闈尋找新人才來填補缺漏，也需要人手協查督辦各項措施。

孔戟態度悠閒地站在朝堂上，看著大臣們一面為了差事重而叫苦連天，一面又暗自歡喜自個兒分得了新差事，心想果然得讓這些人忙起來，才沒有閒工夫瞎找麻煩。

不料謝長風接著說道：「待春闈過後，朕欲再開武舉。」

此言一出，立刻有人讚好。「皇上聖明！眼下諸多工程需要體力好的官員監管，開武舉最合適不過！」

謝長風頷首道：「朕亦是做此打算，此事就交由孔將軍督辦，如何？」

孔戟抬頭，默默看了上首一眼，抬腳出列道：「臣領旨。」

好不容易可以藉著剿匪的理由將長公主騙出京，這會兒又接了個督辦武舉的差事，哪有空帶人家遊山玩水？

這便宜皇外甥，果然不要也罷！

見孔戟的行程都被安排得明明白白、滿滿當當，其他大臣們的情緒莫名獲得了不少安撫——看，大家都一樣呢！

唯有崔鴻白一臉愴然地說：「皇上！國庫銀兩有限，恐難支撐如此多的項目。」

謝長風淡淡道：「朕這邊有，列個借據，去私庫搬。」

這下子不只是崔鴻白，在場所有人都無言以對。竟然想出讓國庫寫借據給私庫的主意，這也是前無古人了，皇上這是小氣財神降世吧？

面對眾大臣意味深長的目光，謝長風只當沒瞧見。

這些人啊，只知他私庫的銀子多，卻不知他手頭養了幾隻吞金獸。兒子還小暫且不提，光是研究院就不知吞掉多少銀兩，更別說還有散布在各處大撒銀票、買鋪子做生意的陸銘學生們。

崔鴻白抽了抽嘴角，躬身領旨。不就是寫借據嗎？誰不會！

邊關新城裡，王大牛已經還清了自家宅子的借款，至於鋪子的借款，他倒不急著還。如今的他底氣十足，做起事來更沈穩，見鋪子生意好，他還去附近的新城再挑了間鋪子買下。

時間越久，王大牛越能體會到借貸買房的好處，既不必低聲下氣去跟人借，也不必擔憂債主突然有急用上門討錢，只要家裡的進項穩定，就可以在能力範圍內買房、買鋪子。

不只是王大牛，其他最早嘗試借貸買房的人很多也買了第二間，要麼是宅子、要麼是鋪子，都跟他一樣體會到了這個制度的優點。

如今的新城相當繁榮，除了當初遷徙到這裡落戶的人，還有在各地跑商的人，甚至有不少奇裝異服的關外人。

王大牛的妻子已經沒再接朝廷提供的差事了，她有一手好廚藝，就在家門口擺了個小攤子賣吃食，因為味道好、分量足，瞧著又乾淨清爽，生意挺好的。

大兒子已經看好了人家，是當年跟他們一同被孔戟買回來，又脫了奴籍後落戶的。兩家雖不知彼此的過往，但這些日子相處下來，也算是了解雙方的性格。那姑娘排行家中老二，性子活潑、幹活兒俐落，是個好對象。

二兒子跟三兒子一心想入伍，王大牛夫婦便不急著為他們談親事，左右年紀還不大，隨他們折騰。

這天清晨，王大牛打完一套拳法，出了一身薄汗，覺得神清氣爽。他擦擦身子，打開大門，將門口那塊地再認真清掃一遍，就將桌椅搬出去擺好。

沒多久，陸續有人落坐，大都是街坊四鄰，早飯懶得做，就乾脆出來吃點東西，吃完好去做事。

王大牛跟大家閒聊，雷氏則往外端湯水，有餃子、餛飩還有刀削麵，都是老客戶了，愛吃什麼她都記著。

瞅著王大牛也快吃完早飯了，雷氏忙叮囑道：「趕緊去幫我買點鹽回來再去上工，我走不開，昨日過去的時候太晚了，鹽鋪關了門。」

「成。」

第四十章　太平盛世

此時，有人挾了一片薄臘肉，感嘆道：「這臘肉可真好吃，大牛啊，你家媳婦手藝真是好。」

王大牛笑道：「也就是鹽便宜了，才捨得這樣醃臘肉，不然也吃不到這麼入味的。」

「這倒是，一大包鹽巴才五文錢，想當初，那是五百文錢都買不到的！」

「皇上聖明，也多虧了孔將軍，才能讓咱們吃上這麼便宜的好鹽。」

「就是說啊！」

如今鹽鋪已開遍各地，剛開始的時候，百姓都不相信有這麼好的事，還當是皇上為了慶祝皇長子誕生，特地賞給大家的。

那會兒，每日天還沒亮便有人堵在鹽鋪門口，就是為了趁便宜多買幾包鹽回家囤著。後來還是朝廷派兵守在門口，一遍遍告訴大家不是只有這一次，是往後都有這麼便宜的鹽能買，到最後甚至下了命令，一人一個月只能買一包，這才慢慢穩住了人心。

直到現在，有些人還覺得這就像作夢一樣，那可是鹽啊，竟然真的可以隨便買，還這麼便宜！

王大牛早就知道鹽的數量夠多，他還跟著孔家軍運過一趟鹽。那一車車的鹽罐子，每罐都有半個人那麼高，罐子口不大，被封得很緊，饒是勇猛有力的孔家軍，都要好幾個人一起抬一罐，可以想見裡面裝了多少。

得知這些鹽都是要放在鹽鋪裡賣給百姓的，而且過陣子還會送一批來，王大牛就知道皇上下的聖旨是真的，大家以後都不會缺鹽吃了，所以滿城都在搶鹽時，他們一家子並不慌。

去鹽鋪的人依然不少，不過大夥兒都很守規矩地排隊，等輪到自己，就交出鹽票，報上姓名與住址，等鹽鋪的人查閱屬實過後就按個手印，交錢拿鹽。

鹽票要去衙門裡頭領，有戶籍的人人手一張，然後憑鹽票去鹽鋪買鹽，每人一個月限買一包。

那沒有鹽票的人怎麼辦呢？一樣能買鹽，不過一包鹽要五百文錢——說到底，這是為了鼓勵大家落戶。

王大牛買了鹽回家，想了想，又去了趟自家的鋪子。鋪子如今是他大兒子在守著，他也有心想鍛鍊他一下，並未太過插手店裡的事，只是偶爾會去看一看。

走在街上，看著道路兩旁如雨後春筍般冒出的各式商鋪，王大牛感慨萬千。

這兩年，皇上手底下的研究院製出了許多新奇的玩意兒，但凡京城裡有的，邊關這邊也很快就會有。據說是因為新城所有的房契與地契都握在皇上手中，所以只要有好東西，都不會忘了這邊。

有這樣的皇帝，他們根本不必擔心未來的日子，王大牛深信，一切只會越來越好！

一個月後，湛鎮川帶領九狐山眾人接受了朝廷的招安。孔戟親自領了幾個親信以及刑部尚書方章上山，向湛鎮川仔細確認了九狐山上所有人曾經犯過的事，無過錯者下山後即可落戶，有過錯者，按律從輕處罰，最終判罰大都是以工抵過，至於小部分大奸大惡之人，自不會輕易放過。

孔戟和方章帶來了朝廷的誠意與決心，湛鎮川看著謝長風對自己的安排，心情有些複雜地問道：「皇上這般信任在下？」

「不過是一個縣令罷了，你若再生反意，我多跑一趟便是。」

孔戟的語氣輕飄飄的，卻令湛鎮川心頭微震，他隨即明白謝長風這是有恃無恐，所以才會對他格外寬容。

湛鎮川拱手道：「在下必不辱使命。」

孔戟道：「那便盡快下山吧，你還要隨我一道去趟京城。」

湛鎮川早有所料，回道：「好。」

孔戟淡淡地看了他一眼，又道：「把呂靜嫻帶上。」

湛鎮川露出一個苦笑，卻仍頷首應了。

呂靜嫻得知這件事之後，面無表情。她的眼淚早已流乾，她的希望也在三日前宗鶴鳴偷襲湛鎮川，卻被孔戟當場斬殺後破滅了。

幾天之後，呂靜嫻回到京城，她坐在馬車裡，下意識地看向窗外，卻突然發現自己竟認不出這個自小長大的地方了。

如今的京城，街道拓寬了許多，鋪上整齊的水泥路，道路兩旁還砌了一排細長的花圃，裡面種了一些矮小的花草，綠意盎然、生機勃勃。

馬車與行人都在規定的道路上行走，雖然車水馬龍，卻井然有序，每個人臉上都帶著朝氣，那是九狐山上的人沒有的。

饒是呂靜嫻心如死灰，也被這樣的京城勾起了一絲絲好奇心，只不過，隨著馬車逐漸駛向熟悉的方向，她心底的憤懣不甘和恨意又漸漸冒了出來，啃噬著她的內心，讓她幾乎維持不住表面上的平靜。

馬車在宮門外停下，方章去了刑部，孔戟則帶著湛鎮川和呂靜嫻踏入宮門。

行至半道，迎面走來一隊人，為首的太監總管笑道：「孔將軍，皇上得知您回來，特命老奴跑一趟，皇后娘娘要見呂氏。」

呂靜嫻默默捏緊了拳——那個女人！

孔戟頷首道：「那便有勞公公跑一趟，將她帶到皇后娘娘那裡。」

太監總管笑著應了兩句，接著手一揮，便有人上前要帶呂靜嫻離開。

湛鎮川不由得看向孔戟道：「皇上這是何意？」

「不必擔心，只是見一面罷了。」孔戟道：「君無戲言。」

湛鎮川這才放下心來，朝呂靜嫻看了過去，卻見她頭也不回地走了，他不禁搖頭苦笑一聲。

此時，孔戟突然說道：「當年即便呂家未伸出援手，先帝也沒打算降罪於湛家其他人。」

湛鎮川愣了一愣，才道：「這點，在下也是後來才想明白的。」

見他如此，孔戟便不再多言。

陸雲箏雖然封了皇后，卻依舊住在怡心宮，呂靜嫻踏進殿門的時候，只覺得一顆心壓抑到喘不過氣來。她拚死拚活、百般算計要重返的鳳儀宮，卻被陸雲箏視如草芥。

「看來妳在九狐山過得不太好啊。」

見面第一句話，就刺得呂靜嫻胸口泛疼，她冷笑道：「皇后娘娘故意命人將我帶來，就是為了看我笑話？」

陸雲箏輕輕笑了，說道：「對啊，就是為了看妳過得不好的樣子。」

「妳！」

「本宮怎麼了？」

呂靜嫻壓抑著怒氣，冷冷道：「願賭服輸，隨便妳怎麼處置，但是別想羞辱我！」

「不過是說了句真話罷了，哪裡算得上是羞辱？」陸雲箏道：「本宮不會殺妳，皇上也不會滅了呂氏一族，只有你們活著，才能看到這天下被皇上治理得多好，才會日夜悔恨當初。」

剛恢復記憶那會兒，陸雲箏真的想過乾脆殺了呂靜嫻以絕後患，可現在看呂靜嫻身邊的人一個個離她而去，她突然明白，呂靜嫻那個魚塘，不過是另一個名利場罷了。

也許知慕少艾的時候是發乎情、止於禮的純情，然而當呂靜嫻入宮成為一國之母後，那些無法宣之於口的情愫裡，或許就已漸漸摻雜進了其他東西，不再純粹。

失去呂氏一族這個靠山，又遠離了京城，待在一個風景優美、與世隔絕的地方，她卻與那些男人漸行漸遠，湛鎮川也僅是為了報當年呂盛安救命之恩才決心娶她。她的花心薄情，最終都報應在自己頭上。

如今的呂靜嫻既可憐又可悲，但她今天之所以走到這一步，都是自己的選擇。當年愛慕她的人如此之多，不乏家世顯赫的青年才俊，只要她的野心不那麼大，現在至少也該是個世子夫人。呂盛安更不會膽大妄為到帶兵入京，畢竟九狐山的那些山匪，最初就只是靠打劫商戶斂財而已。

面對呂靜嫻充滿恨意的眼神，陸雲箏完全不在意。她早在今年年初就從系統那邊得知這方小世界正在往好的方向飛速前進，只要他們帝后夫妻不往死裡作，那基本上就不會死，哪怕是深得眷顧的男、女主角，也改變不了整體走向。

今天見呂靜嫻一面，純粹是陸雲箏想看看仇人落魄的樣子，順帶再刺激刺激她，看看她那魚塘裡還有沒有漏網又不長眼的大魚，以防萬一。

呂靜嫻最後是被人拖走的，在聽了陸雲箏的話之後，她再也忍不住張口想詛咒，可才剛起了個頭，就被身旁一直虎視眈眈的嬤嬤捂住嘴拖下去了。

陸雲箏笑咪咪地看著這個過程，一派輕鬆寫意，若是詛咒有效的話，她早就被咒死了。

另一邊，湛鎮川在議政殿就舒服多了，謝長風對他的態度十分平和，直言任命他為縣令是為了讓他便於安置九狐山上的人，若是做得好，將來朝廷進行官員考核的時候，一樣可以升遷。

這個結果遠遠超乎湛鎮川的預料，他本以為自己會被授以閒差，默默度過餘生；或是被借力使力，帶著九狐山剩餘兵力去清剿其他匪患。豈料朝廷只想讓他們安居樂業、融入尋常百姓的生活，這表明謝長風是真的不打算追究九狐山眾人的過往。

「罪臣謝主隆恩！」

謝長風道：「你並未犯下大錯，不必以罪臣自居。」

「謝皇上，臣自當竭盡全力，為皇上分憂！」

謝長風頷首，又賞了不少東西，這才放湛鎮川去吏部報到。

看著湛鎮川的背影，孔戢道：「此人有才，若當真能為朝廷效力，倒也不失為一件好事。」

「他會的。」

湛鎮川是個識時務的人，眼下朝廷今非昔比，遠非他一人可以撼動，重利之下，自不會再起反心。

到了這個時候，陸雲箏穿越到這個小世界的任務算是完成了大半，剩下的就只是時間問題了，因為科技的發展，總是要一步一步、腳踏實地地進行。

系統也沒料到這位宿主居然如此優秀，當初新手任務的完成時間幾乎墊底，卻是後來居上，達到及格線的速度也超過了大部分的宿主，而且依照目前的進度，最終很有可能超額完成任務。

這還是耽擱了十年呢，若是宿主當初沒有失去記憶……雖然系統並沒有晶片，可它覺得自己都激動到有點發熱了。

似乎猜到它的想法，陸雲箏說道：「醒醒！若非謝長風是皇上，事情都是他說了算，我也不可能這麼快完成任務。」而且，還要感謝那些豬隊友趕著送人頭上來。

過了一會兒，系統終於恢復了冷靜。

【宿主還有什麼需求？】

陸雲箏想了想，她還真沒有什麼特別想要的，現在的生活就已經很令人滿足了。

有了孩子以後，時間總是過得飛快，不過一個眨眼的工夫，小皇子樂兒已經三周歲了，而短暫離京的陸銘也結束了遊歷的生活，再度進入皇宮，準備專心教導小外孫。

這三年，孔戟終於成功將長公主謝敏騙出了京城，兩人沒有去邊關，而是四處遊山玩水，順便替帝后巡視一下產業，畢竟他們倆的鋪子遍布全國。

直到上個月，孔戟和謝敏才回到京城，領了婚書。孔戟有心想給謝敏一個隆重的婚禮，卻被她拒絕了，這是顧及大臣與百姓的觀感，再加上她腹中已有了孩兒，確實不宜大肆張揚。

陸雲箏看著面前小小的人兒一本正經地向她拱手行禮，奶聲奶氣地問安，一顆心都快要融化了。原本她還覺得才三歲就要早起學習，實在讓人有些心疼，但謝長風卻道這是身為皇子的宿命。

莫說是皇子，便是那些個書香門第之家的孩兒，也都是三歲就要啟蒙。

入境隨俗，陸雲箏只好將腦子裡關於幼兒園的想法掃到一邊，現在看小傢伙似乎對此樂在其中，並未叫苦，她總算放下心來。

沒了孩子在身旁，陸雲箏突然覺得心裡有些空盪盪的，想了想，便去了趙長公主府。

如今的後宮不再如牢獄一般只進不出，就在去年，謝長風下旨放了一批宮人離宮，剩餘的宮人每個月有四天能休息，只要提前申請調休就行。

至於後宮裡的其他妃嬪，謝長風也都放她們歸家了，有的甚至還下旨賜了婚。謝長風獨寵陸雲箏不再是秘密，這些妃嬪都是處子之身，出宮後反而不少人求娶，就連曹玥清都有陸北玄求到謝長風跟前，想請他賜婚。

關於這件事，陸雲箏倒是有些意外。這幾年曹玥清甚少出門，大部分時間都在房裡看書，偶爾會陪小皇子樂兒玩，也不知何時跟陸北玄看對了眼。

陸北玄有些靦覥地說：「玥清在醫學上有些獨到的見解，幫了臣不少。」

後宮形同解散，那些位分之名也一併消除了。

陸雲箏不由得問道：「這是你一個人的意思，還是你們倆的意思？」

「我問過她了，她願意！」

謝長風頷首道：「若是兩廂情願，朕便下旨為你們賜婚。」

為此，陸雲箏還私下特地跑去問曹玥清，得到肯定的答覆後，這才笑著說了聲恭喜。

曹玥清紅著臉，模樣嬌羞可人。「謝娘娘。若非娘娘幾次三番地維護，民女也沒有今日。」

「以前的事已成了過往雲煙，該忘掉的就要忘掉。本宮這堂弟的性子溫和，妳也是個好姑娘，你們會是彼此的良配。」

曹玥清躬身道：「謹記娘娘教誨！」

「妳待在本宮宮裡多年，出嫁時便從這裡離開吧，太后那邊本宮會去說。」

曹國公兩年前就離世了，曹家後繼無人，太后便做主從旁支選了兩個孩子過繼。即便如此，大家也都明白，除非這兩個孩子夠爭氣，否則一旦太后歸天，曹家怕是就要徹底沒落了。

陸北玄這些年在醫學上頗有建樹，他成婚當日門庭若市，不少人自動前來參禮，酒席桌數不斷往上加，還好謝長風早有準備，派了御廚過去打下手，否則怕是要生不出飯菜了。

出嫁前，曹玥清向陸雲箏行了大禮，在她心中，皇后娘娘有如自己的再生父母，再怎麼尊敬都不為過。

陸雲箏道：「往後想回娘家，就來本宮這邊。」

曹玥清泣不成聲，被陸北玄低聲勸著，由嬤嬤攙扶著出了殿門。

一旁的太后淚光閃爍，也不知是捨不得曹玥清，還是為榮光不在的曹家哀傷。

目前後宮裡的主子，除了陸雲箏、太后以及幾位太妃之外，只剩下曹琬心，她被太后拘在身邊吃齋唸佛，與出家無異，看樣子是不打算出宮了。

是夜，謝長風和陸雲箏漫步在皇宮，頭頂是皎潔明月，耳畔是徐徐清風。

「等樂兒再長大一些，朕便將江山傳給他，我們也去遊山玩水。」

陸雲箏不禁失笑道：「他才三歲呢，您可放過他吧！」

「大不了朕當太上皇，偶爾攝政即可。」謝長風顯然不是一時心血來潮，又道：「朝中各部分工明確，凡事皆有章程，需要朕決策的事越來越少。朕現在隱約能體會到，妳所謂的『民主自治』有何好處了。」

陸雲箏微微一愣道：「皇上……」

「不急，朕尚年輕，未來還很長。」謝長風握緊陸雲箏的手，輕聲道：「此生有妳，朕何其有幸。」

「得遇皇上，我亦三生有幸。」

雖說每個人心目中的幸福結局都有不同的樣貌，可對陸雲箏來說，這，便是她完美的歸屬。

——全書完

2022年4月出版

緣來是冤家

文創風 1058~1060

這人什麼臭脾氣？她分明是來幫他的，
他不吃藥也罷，居然嫌她礙眼，還讓她滾？
好哇！她偏不，看她怎麼把這碗藥灌下去！

唇槍舌劍，無非是相互理解的情調／明檀

「叛國通敵」四字砸下，使身為江南望族的沈家瞬間傾覆。
禍首為大房，身為三房女眷的沈芷寧與娘逃了死罪，
卻仍避不了家破人亡，遭受欺凌、壓迫的現實。
分明案已結，家中卻仍遭官兵以搜查為由強搶，
在絕望之際，首輔秦北霄踏馬而來，宛如一道曙光，
儘管於他而言那或許不足掛齒，可卻給了她無限希望。
因此有幸重生，她除了要查清大伯通敵一事，避開禍端，
她也不忘向此刻仍在人生谷底的秦北霄報答恩情。
雖說沒有幫助，他仍能權傾朝野，但這能讓她心裡好過些。
只是……沒人告訴她，這人的嘴這麼毒、這麼難搞啊？
她幫身受重傷的他找大夫、弄藥，怎麼說也是個救命恩人吧？
「我不感謝妳，若我得勢，第一個殺的就是見過我狼狽景況的妳！」
氣得她牙癢癢卻無處可發洩，只能催眠自己是她欠他的。
況且，家中滅頂災禍的來由，或許能從這人身上找到轉機……

2022年4月出版

換個夫君就好命

文創風 1056～1057

自古紅顏多薄命，作為京城第一美人，不知道是不是自帶吸渣體質，
前有渣爹賣女求榮，後有渣夫寵妾滅妻，這人生好難啊～
而今她想要翻轉命運，只能換個上等夫君來嫁！

佳人慕英雄，姻緣今生定／若凌

只能怪自己當初很傻很天真，錯將渣男當作良配，
後宅中有擅長折磨的惡毒婆婆，還有偽裝可憐的心機小妾，
嫁進這樣的人家也算是自己上輩子倒楣透頂了。
如今重活一世，時光倒轉，要改命當然先從換夫做起！
眼下渣男婚前納妾鬧得沸沸揚揚，她當機立斷退了這門親，
將前世對她有情有義的璟王爺當作未來的夫君人選。
雖然這會兒他因腿傷而灰心喪志，眼下對娶妻沒興趣，
但想要再續前緣，她可不會輕易放棄，平時積極學醫備藥，
就為了將來能替他治腿疾，求個近水樓臺先得月！
只不過她前頭才剛送走了渣男，親爹後頭又替她找來了色鬼？
這怎麼行！終身大事不容耽誤，看來她只能登王府先求嫁……

風 文創
1064

箏服天下 下

國家圖書館出版品預行編目資料

箏服天下 / 霜月著. --
初版. -- 臺北市 : 狗屋出版社有限公司, 2022.05
冊 ; 公分. --(文創風 ; 1063-1064)
ISBN 978-986-509-323-5(下冊 : 平裝). --

857.7 111005079

著作者	霜月
編輯	連宓均
校對	沈毓萍
發行所	狗屋出版社有限公司
地址	台北市104中山區龍江路71巷15號1樓
電話	02-2776-5889～0
發行字號	局版台業字845號
法律顧問	蕭雄淋律師
總經銷	知遠文化事業有限公司
電話	02-2664-8800
初版	2022年5月
國際書碼	ISBN-13 978-986-509-323-5

本著作物由北京晉江原創網絡科技有限公司授權出版

定價260元
狗屋劃撥帳號：19001626
網址：love.doghouse.com.tw E-mail：love@doghouse.com.tw